Why?

인문사회교양

Why? 사이버 범죄

Why? 사이버 범죄

2015년 10월30일 1판1쇄 발행
2017년 1월1일 1판7쇄 발행

회장 | 나춘호
펴낸이 | 나성훈
펴낸곳 | (주)예림당
등록 | 제2013-000041호
주소 | 서울특별시 성동구 아차산로 153
구매 문의 전화 | 예림M&B 561-9007
팩스 | 예림M&B 562-9007
책 내용 문의 전화 | 3404-9238
http://www.yearim.kr
ISBN 978-89-302-3165-7 74300
978-89-302-3132-9 (세트)

감수자 | **정완** 경희대학교 법학과를 졸업하고 동 대학원에서 법학박사 학위를 취득했습니다. 미국 와이오밍대학교 로 스쿨 방문교수를 역임했고 현재 경희대학교 법학전문대학교 교수로 재직 중이며 사이버범죄연구 회장, 한국디지털포렌식학회 감사, 한국인터넷법학회 이사 등을 겸임하고 있습니다. 저서로는 〈인터넷법〉 〈사이버범죄론〉 등이 있습니다.

글쓴이 | **박세준** 판타지 소설 〈이벨리아의 기사〉를 출간하며 글을 쓰기 시작했습니다. 〈Why? 영화〉 〈Why? 종교〉 〈Why? 사회계약론〉 〈Why? 삼국유사〉 등 여러 어린이 학습만화를 썼으며, Daum 웹툰 〈미세스 선녀〉 스토리를 맡아 연재했고, KBS에서 방영한 어린이 축구 애니메이션 〈아스타를 향해 차구차구〉의 시나리오를 작업했습니다. 또 청강문화산업대학교에서 만화 스토리를 강의하고 있습니다.

그린이 | **윤현우** 1998년 학산문화사의 신인 만화 공모전을 통해 만화계에 발을 들여 놓았습니다. 어린이들에게 재미와 감동을 주는 만화를 그리기 위해 노력하고 있습니다. 주요 작품으로는 〈퀴즈! 과학상식〉 〈Why? 독일〉 〈Why? 프랑스〉 〈Why? 인도〉 〈Why? 전쟁과 무기〉 등이 있습니다. 채색은 이인영 작가님이 맡아 예쁜 색을 입혀 주셨습니다.

서술형 출제 | **반주원** 고려대학교 역사교육과를 졸업했습니다. 메가스터디, 비타에듀, 비상에듀, EBS 사회탐구영역 강의를 했으며 입시타임즈 선정 전국 최고 사탐강사 5인에 꼽히기도 했습니다. 현재는 (주)학생사랑의 대표를 맡고 있습니다.

| STAFF |

출판콘텐츠개발본부 이사 | 백광균
책임 개발 | 장효순/이나영 김승현 손민지
사진 | 김창윤/이건무
디자인 | 이정애/이보배 김세영
국제업무 | 김대원/최고은 김혜진
제작 | 정병문/신상덕 곽종수 홍예솔
홍보마케팅 | 박일성
마케팅 | 예림M&B

Why? 인문사회교양

균형 잡힌 지식의 식단

'인문학'은 인간과 문화에 대해 탐구하는 학문으로 인류가 쌓아 온 문화와 걸어온 발자취를 분석하여 비판적으로 깊이 생각해 보고 더 올바른 길을 찾아보는 데 목적이 있습니다. 한마디로 인문학은 모든 학문의 기초로서 삶을 보다 가치 있게 만들고 세상을 똑바로 바라볼 수 있는 눈을 갖게 해 주는 학문이라 할 수 있지요.

정보 통신 산업을 비롯한 과학 기술의 발달로 우리의 생활·문화 전반에 걸쳐 조용하지만 혁명과 같은 변화가 일어나고 있습니다. 이렇게 물질문명이 발달될수록 삶의 가치와 인간에 대한 성찰은 행복을 좌우하는 중요한 요소로 작용합니다. 새로운 양식의 삶에 부합하는 철학과 가치는 인류가 쌓아 놓은 인문학적 성찰을 기반으로 할 때 더욱 풍요로워질 수 있지요. 그러하기에 그동안 실용 학문에 밀려 위기에 처해 있던 인문학 분야가 재조명되고 있습니다.

〈Why? 인문사회교양만화〉는 철학·문학·언어학·종교학·예술 등의 인문학을 중심으로 일상생활과 밀접한 상식과 교양 분야의 다양한 주제를 다뤄, 지(知)와 덕(德)이 조화를 이룬 균형 잡힌 교양인으로 성장할 수 있게 기틀을 마련해 줍니다.

아울러 초등학교 교과 과정의 국어·수학·사회·예체능 과목에 대한 이해를 높여 학습 능력을 키워 줍니다.

성장기 어린이들에게 고른 영양이 담긴 다양한 음식이 필요하듯 지식과 정보 역시 어느 한 쪽에 치우치지 않은 균형 잡힌 '식단'을 마련해 주어야 합니다. 이것은 교육의 궁극적 목표인 전인 교육의 출발점이기도 하지요.

균형 잡힌 지식의 식단, 〈Why? 인문사회교양만화〉를 통해 폭넓은 배경지식과 교양을 두루 갖추고 가슴에 훈훈한 온기를 품은 21세기형 인재가 되기를 바랍니다.

Contents

CYBER CRIME

이 책의 특장점 및 일러두기

1. 인문학과 더불어 상식, 교양 분야의 여러 주제를 다뤄 다양한 지식을 쌓게 하고,
상식이 풍부한 교양인의 자질을 길러 줍니다.
2. 각각의 주제는 초·중등학교 교과 과정과 연계되도록 구성하여 초등학교 교과 학습에
효과적임은 물론 중등 교과 과정의 선행 학습에 도움이 됩니다.
3. 각 분야의 전문학자·교수·연구원들의 세심한 감수로 내용의 정확성을 확보했습니다.
4. 〈반주원 쌤의 논술 터치〉는 학습 내용의 핵심을 헤아려 보는 단답형 문제와 학습 내용을
정확히 이해하여 논리적인 생각을 펼쳐 보는 서술형 문제로 꾸몄습니다.
논리력과 창의력을 중시하는 논술 시험 대비에 도움이 됩니다.
5. 〈찾아보기〉를 두어 주요하고 핵심적인 내용을 쉽게 찾을 수 있도록 했습니다.
6. 이 책의 인명, 지명 등 외래어 표기는 국립국어원의 '외래어 표기법'을 기준으로 했습니다.
7. 이 책의 띄어쓰기와 맞춤법은 국립국어원의 '표준국어대사전'을 기준으로 했습니다.

Photo CREDITS

23p 유럽 사이버 범죄 센터 1주년 기념 행사, 2013년에 열린 유럽 사이버 범죄 센터와 인터폴의 사이버 콘퍼런스 ©europol.europa.eu / **157p** 악성 댓글 이미지 ©Ivan David Gomez Arce

그 외 123RF, 연합뉴스, 예림당

Character

꼼지

엄지와 함께 사이버 수사대
예비 요원으로 선발된 컴퓨터 천재.
진지하지 못하고 철이 없지만
마음은 따뜻하다.

엄지

IT 산업 도시인 성하시의
사이버 수사대 예비 요원.
추리력과 수사 능력은
뛰어나지만 자존심이 세
꼼지와 자주 다툰다.

콘돌

제이슨이 고용한 해커.
제이슨의 지시로
성하시에 각종
사이버 범죄를 저지른다.

박정훈

사이버 수사대
수사 1팀의 팀장.
사이버 범죄로부터
성하시를 지키기
위해서 사명감을
가지고 일한다.

제이슨 김

성하시의 후견인 행세를 하는
엄청난 부자이지만
성하 시장 선거에서 떨어져
현 시장에게 앙심을 품고 있다.

민세리

사이버 수사대 수사 1팀의
경위. 박정훈 팀장을 도와
아이들을 지도한다.

사이버 범죄란?

성하특별시

만족하는 시민
믿음을 주는 시청

성하시 시장 박세운

시장님, 식사 안 하십니까?
아, 김 실장….

생각할 게 있어서요.

우리 성하시에 자꾸만 사이버 범죄가 일어나서 걱정이에요.
휴~

그래서 경찰청 사이버 범죄 수사대에서 유능한 인재를 뽑았다고 하셨잖아요.
맞아요.

재능 있는 어린이들을 예비 요원으로 선발해 현장에 배치하기로 했어요.
네? 어린이요?

엄청난 인재들이 어린이라는 말씀이세요?
어른 못지않은 실력을 가졌어요.

컴퓨터 실력은 나이 순이 아니지 않습니까?

그렇지만….

성하시가 살기 좋은 도시가 되려면 사이버 범죄를 줄여야만 해요.
꽉

어린이들에게 우리 시의 미래가 달려 있습니다.
만족하는 시민
믿음을 주는

성하 지방 경찰청
척!
여기가 내가
일할 곳이란
말이지?
컴퓨터 천재 꼼지가
왔으니 앞으로
한가해질 거야,
경찰 아저씨들!
안녕?
뭐지?
헉!

척-
반가워. 나는 성하 지방 경찰청 사이버 범죄 수사대 마스코트 폴리야.

날 안내하려고 일부러 나온 거구나.
이렇게까지 안 해도 돼~!
하하!
꼭 그런 건 아닌데….

안으로 들어가기 전에 먼저 간단한 테스트를 할게.
테스트?

사이버 범죄가 뭘까?
주관식이야?

꼼지가 사이버 범죄 수사대 예비 요원 자격이 있는지 알아보는 거야. 이 정돈 알지?

뭐하러 그런 걸 묻고 그래? 컴퓨터만 잘하면 되는 거 아냐?
설마 모르는 거야…?

* 태블릿 : 태블릿 PC라고도 함. 모바일 운영 체계로 작동되며, 주로 터치 스크린으로 입력하는 소형 휴대용 컴퓨터

그럼 휴대 전화로 사람을 때리거나
컴퓨터를 훔치는 것도 사이버 범죄겠네?
퍽!
스윽

그건 좀 아닌 것
같은데….
다시 한 번
기회를 줄게.

못 맞히면 탈락이야.
5, 4, 3, 2….
잠깐!
내 말 좀
들어 봐!
그런 게
어딨어.

제가 대신
말하죠.
홱
경찰청
POLICE
홱
스윽

!

컴퓨터나 휴대 전화 등의 기기로
인터넷 등 정보 통신망을 통해
사람들에게 피해를 입히는
것을 사이버 범죄라고 해요.

* 네트워크 : 통신망. 통신 설비를 갖춘 컴퓨터를 이용하여 서로 연결시켜 주는 조직이나 체계

네가 엄지구나?
역시 주니어 사이버 보안 학교의 우등생다워.
엄지?

나랑 같이 뽑힌 사람이 너야?

반가워. 나는 꼼지야. 들어본 적 있지?

알아. 혼자서 악명 높은 해커 집단 '모하스'를 잡은 천재.

헤헷!
으쓱
으쓱

그런데 자기가 하는 일이 뭔지도 모르는 애일 줄이야.
스윽

벌써부터 싸우는 건 아니지?
어버버...
흥.

그럼
내 소개를
할까?
스윽

난 성하 지방
경찰청 사이버 범죄
수사대 수사 1팀의
민세리 경위야.

그냥 폴리가
아니었네!
어떤 친구들인지
궁금해서 마중
나왔어.
정말 폴리인
줄 알았니?

너희랑 빨리
친해지고
싶었거든.
아, 네….

하나도
재미없어요.
시시하고.
엄지는 친해지기
쉽지 않겠어….

꼼지는 기초부터 배워야 할 것
같지만 일단은 다음 순서로
넘어갈게.
컴퓨터는 잘할 수
있다니까요!

안에서 본격적으로 사이버 범죄 수사대 예비 요원 교육을 시작할 거야.
말 잘하는 거랑 컴퓨터 잘하는 건 달라요!
좀 조용히 해 줄래?
티격 태격

S.H POLICE A
티격 태격

사이버 범죄 수사대 인원을 늘린다더니 꼬마들이잖아, 큭큭….

콘돌, 자네한테는 전혀 위협적이지 않겠어.
큭큭

오히려 아쉽군요. 긴장할 만한 상대를 만나고 싶었는데.
타다닥 탁탁

얼른 이 성하시의 네트워크를 접수해 달라고, 콘돌.
부-웅

사이버 범죄는 우리가 잡는다!

어서 와. 나는
사이버 범죄 수사대
수사 1팀 팀장
박정훈이라고 해!
CCI
사이버범죄수사대
사이
CYBER

반갑다.

주니어 사이버
보안 학교에서 온
엄지입니다.
저는 알 만한 사람은
다 아는 컴퓨터 천재,
꼼지예요!

좀 진지하게 해.
우린 놀러 온 게
아니라고.
울~컥
내가 뭘?
사실 그대로를
말한 건데.

이런 철부지랑 내가
같이 뽑히다니….
수치야.
너 나보다
컴퓨터 잘해?
해커 잡아본 적
있어?
씩씩
아이들이랑
일하는 것도
쉽지 않겠군.

그럼 이제
교육을
시작할게.
흥!
쳇!

* IT(information technology) : 정보 기술

기업들도 기밀 정보나
고급 기술이 유출될까봐
걱정하고 있고.
IT 도시 성하,
사이버 범죄도
IT 도시에서
불안하다던데

그래서 우리 수사대에서는 인력을 늘리는
한편 새로운 대안도 마련했어.
이대로는
안 돼.
인원을 더
늘려야 해요.

어른들은 생각하지 못하는 신선한 관점을 가진
컴퓨터 영재들을 예비 요원으로 선발해서 함께
사이버 범죄를 수사하는 것!

그렇게 해서 뽑힌
어린이가 바로
너희 둘이야.

앞으로
잘 부탁해.
슥

저만 있어도
충분했을 텐데….
!

사이버 범죄가 뭔지도
몰랐으면서.

그건…
당황해서 말이 잘
안 나온 거야!
웃겨!
내가 처음부터
다 봤거든?
그만~!

앞으로 두 달간 함께
일하게 될 거니까
사이좋게 지내.
홱
홱

그리고 사이버 안전국의
방침에 따라야 하니까….
음?

사이버
안전국이요?

보통 사이버 범죄 수사는 각 지방 경찰청에
있는 사이버 범죄 수사대에서 하는데,
사이버 안전국
전국 지방경찰청

범죄를 해결하는 것도 중요하지만 예방책을
세우는 것도 중요한 일이거든.
처음부터 외양간
울타리를 높게 만들면
소 잃을 걱정도 없지.

세계의 사이버 안전국

우리나라에서는 사이버 범죄를 막기 위해 2000년에 경찰청 '사이버 테러 대응 센터'를 처음 만들었고, 급격히 늘어나는 사이버 범죄에 빠르게 대응하기 위해 2014년에 '사이버 안전국'을 만들었다. 사이버 안전국은 사이버 범죄와 테러에 대응할 뿐만 아니라 사이버 범죄를 예방하기 위한 안전 수칙을 만들거나 보안 기술을 개발하고, 사이버 범죄 관련 정보를 수집·데이터베이스화하며 국제기관과 힘을 합해 대책을 마련하는 등 국민들의 사이버 안전을 위해 다양한 활동을 하고 있다.

이와 비슷한 일을 하는 단체로, 유럽에는 '유럽 사이버 범죄 센터(EC3 ; European Cybercrime Centre)'가 있으며, 미국 'FBI 사이버 태스크포스', '사이버 범죄 수사국(CCIPS)', '국가 사이버 안보 정보 통합 센터(NCCIC)', 일본의 '내각 관방 정보 보안 센터(NISC)', 중국의 '중국 공안국 사이버 안전 보위국' 등이 있다.

유럽 사이버 범죄 센터 1주년 기념 행사

2013년에 열린 유럽 사이버 범죄 센터와 인터폴의 사이버 콘퍼런스

* 데이터베이스 : 여러 가지 업무에 공통으로 필요한 정보를 체계적으로 정리하여 저장한 집합체

많은 사람들이 스마트폰과 컴퓨터를 사용하고 있기 때문에 그만큼 사이버 범죄의 표적도 늘어나고 있다.

그래서 사이버 안전국과 각 지방 경찰청 사이버 범죄 수사대가 맡아서 수사를 하고 있어.

저작권법을 어겼거나 음란물을 퍼뜨리는 것도 사이버 범죄야.

사이버 범죄는 범위가 워낙 넓기 때문에 범죄의 종류에 따라 담당 기관이 따로 있기도 해.

아까도 말했듯이 성하시는 대한민국에서도 손가락에 꼽히는 IT 도시야.

그래서 사이버 범죄도 많이 일어나니까, 너희가 책임감을 가지고 열심히 해야 해.

걱정 마세요!
천재 꼼지가 다
해결할게요!
저는 얘랑 달리
진지하게 하겠어요.
너 진짜!
같이 열심히
하면 되지.
내가 틀린 말
했어?
옥신
각신
다들 힘이 넘치나 봐. 보기 좋아.
당연히 파이팅도 잘하겠네?
사이버 범죄 수
CCI
사이버범죄수사대
성하시 사이버
범죄 수사대,
파이팅!
파이팅!
팀장님,
큰일 났습니다!
웬 소란이야?
수사대 컴퓨터
전체가 먹통이
됐습니다!
뭐?!

콘돌의 선전 포고

다운됐어…!
타탁
타다닥
화면이 안 넘어가!

어떻게 된 거야?
그게….
타다닥
타닥

타다닥
타탁
수사대의 모든 컴퓨터가 멈췄습니다.

저희 네트워크가 마비됐어요.
어떻게 그런 일이?
타다닥
타닥

빰빠라
홱

두둥
SURPRISE

지금 해커가 여기 네트워크를 해킹한 거야.

꼼지는 천재 해커답게 잘 아네.
네?

꼼지가 해커를 잡은 거지 해커는 아니잖아요?
전 나쁜 짓은 안 했다고요.

둘 다 해커를 오해하고 있구나.

보통 해커는 해킹을 저지르는 사람이라고 알고 있지?
끄덕
끄덕
끄덕
끄덕
네.

우선 해킹이 뭔지 알아야겠네.
해킹은 다른 사람의 컴퓨터 시스템에 무단으로 침입해서 데이터를 빼내거나, 시스템을 파괴하는 것을 말한다.
예림 은행
신분증

허락 없이 다른 사람의 컴퓨터 시스템에 접근하거나 정보 통신망을 침입하는 일 모두가 해킹이야.

정보 통신망 침해 범죄

사이버 범죄는 크게 정보 통신망 침해 범죄, 정보 통신망 이용 범죄, 불법 콘텐츠 범죄로 나뉜다. 이 중 정보 통신망 침해 범죄는 정당한 접근 권한 없이 허용된 접근 범위를 넘어서 컴퓨터 시스템이나 정보 통신망에 침입해 데이터를 훼손하거나 시스템에 이상을 일으키는 사이버 범죄를 말한다. 주로 고도의 컴퓨터 기술을 필요로 하는 사이버 범죄가 이에 속하며, 컴퓨터 시스템에 대해 직접적인 피해를 입히는 경우가 해당된다.

* 계정 : 아이디

* MIT(Massachusetts Institute of Technology) : 매사추세츠 공과 대학

* 크래커(cracker)
* 크랙(crack)

크래커

다른 사람의 컴퓨터 시스템에 무단으로 침입해서 정보를 훔치거나 프로그램을 훼손하는 등의 범죄를 저지르는 크래커(cracker)를 다른 말로 '블랙햇 해커(black-hat hacker)'라고도 한다. 검은 모자를 쓴 해커라는 뜻으로 서부 영화에서 악당이 주로 검은 모자를 쓴 것에서 유래했다. 반대로 보안 기술자 등 컴퓨터 기술을 이롭게 쓰는 해커를 '화이트햇 해커(white-hat hacker)'라고도 한다. 이밖에도 크래커는 '침입자(intruder)', '공격자(invader)'라고도 부른다.

그런데 복구는
아직이에요?
속수무책이야.
타
타
탁
타탁

블랙 해커가
너무 빨라 대응을
할 수가 없어.
탁 탁
탁
뭐라고요?

복구는 할 수 있지만 시간이 걸려.
그동안 우리 업무는 완전
마비될 거야!
팀장님께서
이렇게 애를 먹을
정도라면….
타탁
탁

위자드급
블랙 해커가
분명해!

설마….
그게 아니면
우리 본부 시스템이
이렇게 완벽하게
장악될 리가 없어!
탁 탁

위자드?
원래는
'마법사'라는
뜻이야.

위자드란 최고
수준의 엘리트 해커를
가리키는 별칭이지.

해커의 등급

엘리트(Elite)

완벽하게 흔적 없이 해킹을 할 수 있는 전문가로 위자드(마법사 ; wizard)라고도 불린다. 시스템에 침투하고 자기 뜻대로 조종이 가능하다.

세미 엘리트(Semi Elite)

컴퓨터 운영 체제를 잘 알고 있으며 손쉽게 시스템 취약점을 찾아낼 수 있다. 해킹 코드와 프로그램을 자유롭게 만들 수 있다.

디벨로프 키디(Developed Kiddie)

기본적인 해킹이 가능하며, 일반적인 기업 시스템 보안 전문가 수준이다.

스크립트 키디(Script Kiddie)

해킹 프로그램을 이용해서 간단한 해킹을 할 수 있다.

라메르(Lamer)

해킹 프로그램을 겨우 다운로드하는 수준이다.

원래 영웅은
결정적일 때 등장
하잖아요.
….

쟤 도움 필요 없어요.
제가 복구할게요.
엄지야….

내가 쟤보다
낫다는 걸
보여 주겠어!
타다탁
탁탁

시스템을 마비시키거나
파괴하는 해킹이면
차라리 다행이지만….
타타탁
탁탁

자료를 빼내려고
하는 거라면 문제가
심각해져.
!

하긴…. 지금까지 국내외
해킹 사례를 봐도 정보가
유출된 경우가
많았으니까요.

국내외 해킹 사례

국내 해킹 사례

2013년 해킹으로 차단된 청와대 홈페이지

2000년대 들어 국내에서는 사이버 테러나 개인 정보 유출 등의 심각한 사이버 범죄가 빠르게 늘어났다. 2003년 일어난 '1·25 인터넷 대란'은 '슬래머 웜'이라는 바이러스에 감염된 컴퓨터들이 한 전화국의 서버에 트래픽을 집중시킨 것을 시작으로 우리나라 인터넷 망이 마비된 사건이다. 2009년과 2013년에는 정부 기관 및 주요 포털 사이트가 공격을 받아 사이트가 마비되는 사건이 일어났다. 개인 정보 유출 사건 또한 꾸준히 있어 왔는데, 점점 그 피해 규모가 커지고 있다. 2008년 한 쇼핑몰 사이트에서 1,800만 건이 넘는 회원의 개인 정보가 유출된 것을 비롯해, 2011년에는 대형 포털 사이트 회원의 개인 정보 3,500만 건이 유출되기도 했다. 2014년에는 주요 카드사가 해킹을 당해 회원 개인 정보 1억 4천만 건이 유출되었는데, 해킹 피해를 당한 지 무려 7개월이 지나서야 발견했다. 해킹으로 인한 개인 정보 유출은 피싱이나 스미싱, 대출 사기, 명의 도용 등 2차 피해를 입을 수 있으므로 각별히 주의해야 한다.

해외 해킹 사례

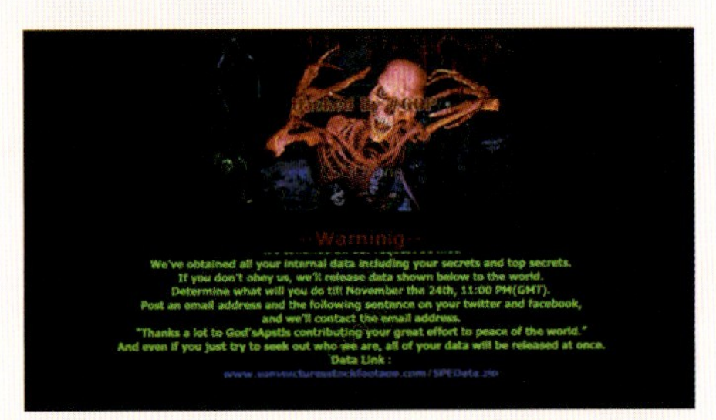

2014년 해킹 피해를 입은 영화사의 홈페이지

해외에서도 해킹으로 인한 피해는 심각한 사회 문제로 여겨지고 있다. 영국인 해커 게리 매키넌은 2001년부터 2002년에 걸쳐 UFO와 외계인의 비밀을 밝혀내겠다며 NASA와 미국 국방성을 해킹해 기밀 자료를 빼내기도 했다. 2014년에는 한 영화 제작사가 '평화의 수호자'라는 이름을 가진 해커 집단에게 공격을 받아 진행 중이던 영화와 시나리오, 관계자들의 이메일이 유출되는 사건이 일어났다. 이때 북한의 최고 지도자 암살을 소재로 한 영화의 개봉을 중지하라는 경고 메시지가 있어서 북한이 저지른 일은 아닌지 의심하기도 했다.

* 트래픽 : 통신 시설에서 통신의 흐름, 전송량. 트래픽 양이 지나치게 많으면 서버에 과부하가 걸려 전체적인 시스템 장애가 생겨남

아무리 해도
블랙 해커가 쳐 놓은
보안벽을 뚫고 들어갈
수가 없어….
타
탁
탁

슬슬 이 천재가
나서야겠군.
처
억

타
타
타
탁
탁
탁
탁

시스템 접근 권한을
막아 놨네. 자기가
침범한 거면서
주인인 척이야.
타탁
타
타탁

벌써 블랙
해커의 수법을
파악한 건가?
탁
탁
타
타
탁

이런 건 제가
바로 해결할 수
있다고요!
타
타
타탁
타
탁
탁

짠!
팟
전국 지방경찰청
타
타
탁
탁

앗! 복구됐다!
정상적으로
작동해!

꼼지,
대단해!
뭐, 이 정도
쯤이야….

앞으로도
맡겨만 주세요.
잘 부탁해.
와락

이것 봐라.
제법인데…?

사이버 수사대에
날 막을 실력자가
있단 말이야…?
흥미로운걸.

혹시 아까
그 꼬맹이가…?
타
타
탁

성하지방경찰청 사이버 수사대
이름 꼼지(11세)
생년월일 20XX년 6월 16일
경력
예림초등학교 재학
국제 해커 집단 '모하스' 검거
팟
타탁

이 꼬마는 모하스를
잡았다던 그 아이네.

씨익
그럼 내가
제대로 교육시켜
줘야지!

공포의 이메일

안녕하십니까?
안녕하세요.

꾹
웅~

그러면 메일부터 확인하고….

전체
삭제
스팸차단
전달
이동
사이버수사대 [보안]최신백신으로개인정보를보호하세요
예림문고 (광고)Why?캐나다출간!
와이마켓 (광고)오늘하루!건강필수마스크특가
꼼지 엄지랑만나기로했는데
현병원 (건강소식)
성하은행 (광고)새로운
12345...
이게 뭐야?

IT 도시답게 이런 보안 프로그램 설치 안내도 하는구나.
딸칵

어?

달칵
달칵
갑자기 화면이 왜 안 넘어가지지?

만족하는 시민
믿음을 주는 시청

뚜벅
뚜벅

시장님을 만나는 자리니까 예의 바르게 행동해야 한다.
네.

어서 오세요. 기다리고 계십니다.
네.

어서 오너라.

성하시 시장
박세운이라고
한다.

성하 지방 경찰청 사이버
수사대 수사 1팀 팀장
박정훈 경감입니다.
같은 팀의 민세리
경위입니다.

이쪽은 이번에
선발한 사이버 수사대
예비 요원들입니다.

안녕하세요. 성하시 지방
경찰청 사이버 수사대
예비 요원 엄지입니다.
꾸벅
똑부러지는
어린이로구나.

그럼 이쪽은?
휙

저는 대한민국 역사상
최고의 컴퓨터 천재,
꼼지라고 합니다!
이미 잘
아시겠지만요!
!

제가 특별히
시장님 컴퓨터
봐드릴게요!
휙

꼬, 꼼지야….
시장님,
죄송합니다.
바둥
바둥
왜요? 특별
서비스라니까요.

잰 정말
구제불능
이야….
절레
절레

이렇게 활기 넘치고 똑똑한
친구들이 합류했으니 수사대의
활약을 기대할게요.

성하시는 대한민국
IT 산업의 심장과도
같은 곳입니다.

사이버 범죄로 인해
피해를 입는 시민들이
생기지 않는 날까지
여러분이 힘써 주세요.
네!

시장님, 제이슨 김 회장
께서 오셨습니다.
벌써?

저희는 이만
돌아가겠습니다.
그래요,
잘 부탁해요.

스윽

정훈 군…?
멈칫
….

아니,
박정훈 경감!

안녕하십니까,
제이슨 김
회장님….

오랜만이군.
잘 지냈나?

네. 회장님도
건강해 보이시네요.

저희는 일이
있어서 이만….
다음에
또 보세.
스윽

서로 아는 사이인가?
그런데 사이가 별로
안 좋은 것 같아….

띠리리링

여보세요,
민세리입니다.

뭐라고 요?

그러니까 사이버 수사대가
보낸 이메일 때문에 컴퓨터가
망가졌다는 거죠?
네.

보안 프로그램 안내
메일을 열었는데
이렇게 됐어요.

저희는 불특정 다수의
사람들에게 그런 메일을
보내지 않습니다.
그럼 사칭이었단
말인가요?

이메일을 열기만 했는데
이렇게 됐다면….
네, 다운로드
한 것도 없어요.
첨부 파일이
없었거든요.

악성 코드
아닐까요?
끄덕
끄덕
그럴 가능성이
높아.

악의적인 목적을 위해 만들어진 컴퓨터 코드를 가리키는 말로 바이러스, 웜, 트로이 목마 등으로 구분된다.

바이러스

컴퓨터 내의 프로그램을 변형하고, 작동하지 못하게 한다. 스스로를 복제해서 다른 컴퓨터를 감염시킨다.

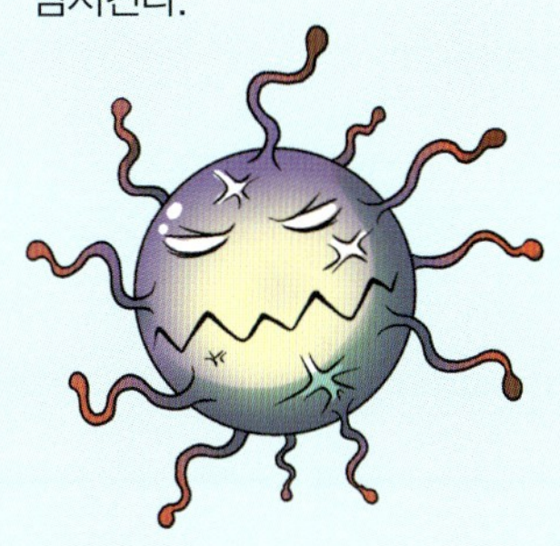

웜

컴퓨터 내에 숨어있다가 네트워크를 통해 다른 컴퓨터에 침입한다. 프로그램에 영향을 주지 않지만 자기 복사를 해서 시스템 과부하가 일어날 수 있다.

트로이 목마

자기 복제는 하지 않지만 정상적인 프로그램으로 가장하여 컴퓨터 시스템을 파괴하거나 자료를 훔치고, 정보를 유출한다.

나랑 엄지는 돌아가서 피해 범위와 악성 코드가 어떻게 퍼졌는지 조사할게.
그럼 저랑 꼼지는 여기서 악성 코드를 조사할게요.

가자, 엄지야.
수고하세요!

열심히 일해야 하니까 간식을 사 올게요.
그래. 먹어야 힘도 나니까….

잠깐! 간식이라고?

한시가 급한데…!
휭~

낚이셨군요.
그러게요. 저도 배가 고파서 무심코 대답했네요.

하나

하나분식
우아,
맛있겠다.
하나분식

못 보던 얼굴인데
이사 왔니?
아뇨.
하나분식

사이버 범죄 수사대에
예비 요원으로 뽑혀서
온 거예요.
떡볶이
3.00
그래?
하나분식

나중에 가게 컴퓨터
좀 봐 줄래?
하나분식
3.000
얼마든지요.

그럼 서비스로
튀김 좀 줄 테니
먹고 가렴.
우아,
잘 먹겠습니다.

꼼지야, 언제 오니?
나도 배고파….

성하 지방 경찰청

악성 봇은 크래커처럼 악의를 가진 사람에 의해서 악성 코드나 스팸 메일 등을 퍼뜨려.

스팸 메일

스팸 메일(spam mail)은 정크 메일(junk mail)이라고도 하며, 이메일 계정을 가진 사람에게 무작위적이고 일방적으로 전송되는 대량의 이메일을 말한다. 받는 사람과 아무런 관련이 없기 때문에 사용자의 시간을 빼앗을 뿐만 아니라, 불건전한 정보를 제공하기도 하며, 악성 코드를 유포하는 수단이 되기도 하므로 주의해야 한다. 그렇기 때문에 스팸 메일 발신지로 확인된 계정은 차단한다.

* 백신 프로그램 : 컴퓨터 바이러스를 찾아내서 삭제하거나 바이러스로 손상된 데이터를 복구하는 프로그램

띠리리링~
타타탁탁

여보세요.

엄지예요. 방금 악성 코드 백신을 완성했어요.
정말?

그럼 나한테 보내 줄래?
네!

저 왔어요. 이거 먹고 힘내서 일하자고요~!
!

이미 다 해결했거든.
근데… 혼자 먹고 왔구나? 입가에 묻었어.
아하하…. 죄송해요!

잠시 후
파-

악성 코드를 예방하는 습관

1. 모르는 사람이 보냈거나 발신자가 분명하지 않은 메일은 열지 않는다.
2. 발신자가 분명하지 않은 메일의 첨부 파일을 다운로드하거나 링크된 인터넷 주소를 열지 않는다.
3. 백신 프로그램을 컴퓨터와 모바일 기기에 설치하고, 실시간으로 바이러스를 감시한다. 백신 프로그램은 정기적으로 업데이트한다.

이게 끝이라고
생각했다면 정말 실망인데.
크크크크….

마비된 성하시!

잘되어 가나,
콘돌?

잘되고 말고 할 게 없습니다.
타타탁
탁탁
실력이 형편없어서 열심히 준비한 게 괜한 고생이었단 생각까지 드네요.

세계 최고의 블랙 해커답군. 아주 믿음직스러워!
자네 손으로 성하시의 이미지를 송두리째 날려 주게!
걱정 마세요.

후후….
박세운 시장, 당신은 나에게 패배를 안겨 줬어.
축 시장 당선!
짝짝짝짝
짝짝
큭!

하지만 당신도 시장직에서 쫓겨날 날이 머지 않았다.

우하하하
그렇게 되면 내가 다음 시장이 될 거야!

꼼지야….

교육 시간에 지각하면 어떡해?

솔직히 전 컴퓨터 잘하는데 뭘 더 배워요?
끙~.

넌 예의와 겸손을 먼저 배워야겠네.
!

너도 만만치 않거든?
누굴 누구랑 비교하는 거야?
애들이 또….

그만, 그만~!

꼼지야, 실력과 상관없이 교육은 모두 받아야 해.
알겠어요….

모두 모여 있었군. 사건이야.
또 요?

성하 은행 사이트가 다운됐다는 제보야.
은행이요?

거긴 성하시에 있는 기업 대부분이 거래하는 곳이잖아요.
맞아.

빨리 복구하지 않으면 기업들이 엄청난 피해를 입을 거야.
서둘러야겠네요.

꼼지, 엄지! 빨리 시작하자.
끄덕
네.
후다닥
여보세요.

그 전에 화장실 좀 다녀올게요.
그래, 빨리 다녀와.
빙글

…라고 할 줄 알았어? 이거 다 하고 가.
내가 또 속을 줄 알고?
헉!
턱
들켰네.
쯧쯧.

타다닥
사이버 수사대
수사 1팀
탁탁

은행 홈페이지가 완전히 멈췄어요.
지난번 본부가 해킹됐을 때보다도 심각한 거 같아.
탁탁
타타탁

혹시 그때 블랙 해커가 또 일을 벌인 건 아닐까요?
탁탁
글쎄….

어?
왜 그러니?
은행 서버에 과부하가 걸렸어요.

동 시간 접속한 컴퓨터 수가….
타타탁

10만대?
뭐라고?!
공인인증
고객센터
전자금융사기 예방하기
보안카드번호 입력 금지
휴면계좌 거래 중지 안
성하은행
성하 은행 서비스 이용자 폭주로 인해 접속에 어려움이 있습니다.
잠시 후 다시 접속해 주시기 바랍니다.
계좌조회
원클릭대출
부동산
해외은행송금
뭐?

그렇게 많은 컴퓨터가
한꺼번에 접속하면 서버가
다운될 만도 해.

그런데 아무리
성하 은행 이용자가
많다고 해도 어떻게 그 많은
컴퓨터가 한꺼번에
접속한 거지…?

성하은행
설마
디도스?!

디도스라면…?
그래….
디도스?
들어 봤는데….

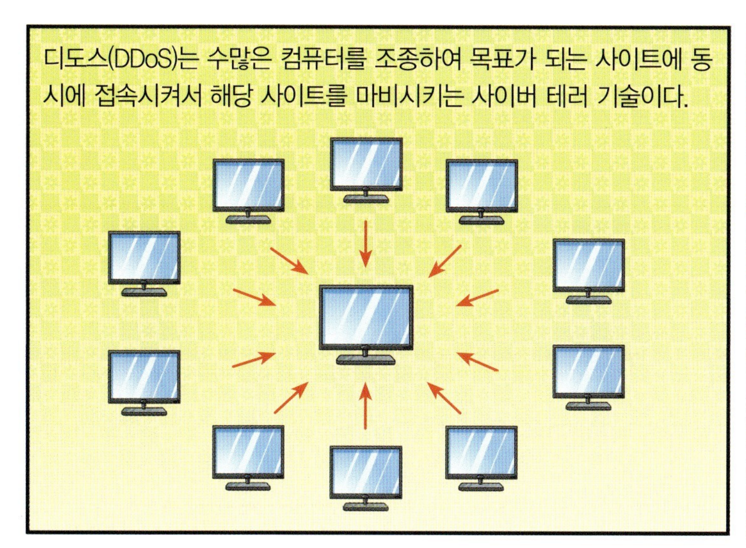
디도스(DDoS)는 수많은 컴퓨터를 조종하여 목표가 되는 사이트에 동시에 접속시켜서 해당 사이트를 마비시키는 사이버 테러 기술이다.

전에도 디도스 공격에
혼란이 일어난
적이 있었지.

디도스

디도스(DDoS)는 정보 통신망 침해 범죄의 하나로 '분산 서비스 거부 공격(Distributed Denial-of-Service attack)'을 줄인 말이다. 악의적인 목적으로 여러 대의 컴퓨터로 분산 공격해서 표적이 된 인터넷 사이트의 서버 시스템을 마비시키는 사이버 테러 행위이다.

분산 서비스 거부 공격을 계획하는 크래커는 악성 코드를 다른 컴퓨터에 퍼뜨려서 자기 뜻대로 조종할 수 있는 좀비 PC로 만든다. 이런 식으로 만든 다수의 좀비 PC를 일제히 목표 웹 사이트에 접속시켜 서버를 마비시켜 버린다. 이렇게 되면 정상적인 의도로 사이트에 접속하려던 다른 이용자들이 접속을 할 수 없어 불편함을 겪게 된다.

오늘날 디도스 공격은 국제 사회에서 사이버 테러 수법으로 많이 사용된다. 우리나라에서는 2009년에 '7·7 디도스 공격'으로 주요 정부 기관 및 포털, 은행 등의 사이트가 장애를 겪은 바 있고, 이후 2011년에도 '3·4 디도스 대란'으로 청와대와 국가 정보원 등 국가 주요 기관 및 포털 등의 사이트가 공격을 받기도 했다. 국제 해커 그룹인 '어나니머스(anonymous)'는 2012년에 미국 법무부 등에 디도스 공격을 했고, 이듬해에는 핵무기를 포기하라는 메시지를 담아 북한의 웹 사이트들을 공격하기도 했다.

2009년 7·7 디도스 공격을 모니터링 중인 한국 인터넷 진흥원

2012년 어나니머스의 해킹 예고 영상

많은 컴퓨터들을 좀비처럼 만들어서 맘대로 조종할 수 있다니, 믿기지 않아요.
네트워크가 발달해서 그래.

사이버 네트워크를 악용한 경우이지.
끄덕
끄덕

악성 코드에 감염된 좀비 PC는 하나하나 치료하지 않으면 복구하기 어려워.
그렇지만 10만 대나 되는걸요.
성하은행

난 금방 치료 할 수 있는데 넌 아닌가 봐?
네가?

그렇게 잘난 척하다가 큰코다친다.
두고 봐.
탁 탁

좀비 PC를 한꺼번에 움직이려면 따로 서버가 필요해.
타 타 탁
탁 탁

IP 주소

인터넷 프로토콜(Internet Protocol) 주소, 즉 IP 주소는 인터넷상에서 각 컴퓨터를 비롯한 정보 통신 설비가 가지는 고유 주소를 말한다. 이는 전 세계 인터넷 주소 자원 관리 기관인 IANA(Internet Assigned Names Authority)에서 관리한다.
IP 주소는 네 토막의 숫자로 이루어져 있는데, 이 체계는 약 43억 개의 주소만 쓸 수 있다. 그렇기 때문에 늘어나는 수요를 극복하고자 여섯 토막으로 이루어진 주소 체계가 마련되었으며, 우리나라도 IP 주소 전환에 박차를 가하고 있다.

찾았다!
벌써?

우리 쪽에서 거꾸로 상대 서버에 바이러스를 감염시켜서 좀비 PC를 조종하지 못하게 만들게요.
1,287개 항목(17.4MB)(복사 중)
82%
자세히
취소

오~!
다했다!
정말?

어디 확인을….

싱하은행
로그인
공인인증
고객센터
보안카드번호 입력 금지
계좌조회
즉시이체
환율조회
앗!

우아~! 정말 복구했네.
흐헤헤!

제 실력 어때요? 교육 안 받아도 되겠죠?
그건 이거랑 상관없어….

오셨네요,
팀장님!
후다닥

지금 막 꼼지가
성하 은행 사이트를
복구했어요.

그게 문제가
아냐!

지금 성하시 주요 기관
사이트와 기업 사이트
모두가 마비됐어!
뭐라고요?

애초에 성하 은행은
미끼였던 거야!
세상에…!

저한테
맡기세요.
탁

헉! 이게
어떻게 된
일이지?

다른 사이트는
블랙 해커의 서버를
추적할 수가
없어요.

도대체
무슨 수법을
쓴 거야…?

서버 하나만 쓰는
디도스 공격이 언제적
수법인데. 크크크….
요새는 좀비 PC 한 대
한 대마다 독립적으로
움직일 수 있다고.

성하지방경찰청
이름 꼼지(11세)
생년월일 20XX년 12월 16일
경력
모하스를
잡았다길래 기대했더니.
실망이야, 꼬마….

내가 우리 새싹을
너무 과대평가
했나 보군.
후후후….

멍~

인터넷 사기

한국어 | ENGLISH
성하일보
성하시,
디도스 공격으로 마비되다!
서버 다운

흐흐… 역시 콘돌이야. 사이버 범죄 수사대도 꼼짝 못하게 만들다니!

지금쯤 박 시장 표정이 눈에 선하군. 흐흐.

그럼 다음 단계를 진행해 볼까…?
슥

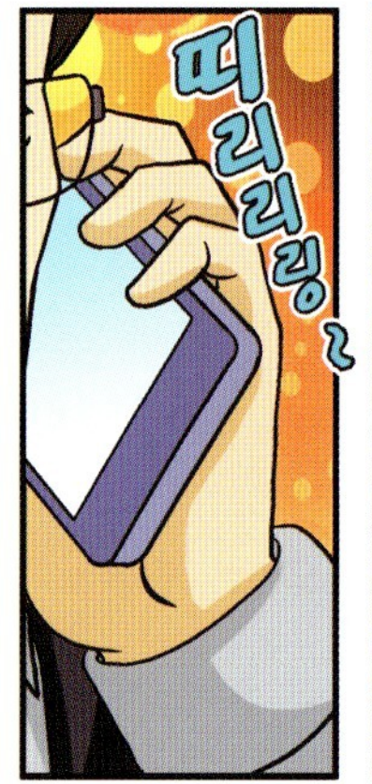

띠리리링~

나야, 콘돌. 다음 계획으로 넘어가자고.

다음 날, 성하 시청
만족하는 시민
믿음을 주는 시청

시장님, 시민들과 기업들의 민원이 폭주해서 업무가 마비될 정도입니다.
….

디도스 공격에 피해 입은 사이트는 다 복구되었죠?
네, 밤을 새워 간신히….
성하일보
성하시, 디도스 공격으로 마비되다!
성하 시청 포함 30여개 주요 사이트

우리 사이버 범죄 수사대만 믿어도 될까요? 정부에 도와 달라고….
아뇨.

그럼 우리 성하시의 능력을 의심하고 우리를 공격하려는 세력이 더 많아질 겁니다.
!

우리 수사대를 믿어 봅시다.

성하지방경찰청
S.H POLICE AGENCY

디도스 공격 때문에 저러시는 거죠?
그런 것 같아.

청장님한테 엄청 혼났나 봐.

내가 좀 더 빨리 했으면 피해를 줄일 수 있었을 텐데….

자, 자. 모여 봐.
네, 팀장님.

다들 어제 일로 놀랐겠지만 우리는 우리 임무를 계속해야 해.
네.

인터넷 사기는 정보 통신망을 이용해서 사람들에게 거짓으로 물품이나 서비스를 제공할 것처럼 속이고, 금품만 빼앗는 행위를 말한다.

직거래 사기

인터넷을 통해서 허위 물품 거래로 상대의 돈을 갈취하는 행위

쇼핑몰 사기

가짜 인터넷 쇼핑몰을 운영하여 고객의 돈을 가로채는 행위

게임 사기

게임 아이템 거래 등을 이용해서 상대의 돈을 갈취하는 행위

메신저 사기

메신저 등을 이용하여 상대의 돈이나 개인 정보 등을 가로채는 행위

정보 통신망 이용 범죄

정보 통신망을 주요 수단으로 사용한 범죄로, 위에서 말한 인터넷 사기 외에도 다음과 같은 범죄가 있다.

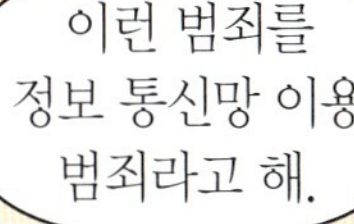

전기 통신 금융 사기

정보 통신망을 통해 다른 사람을 속여서 자금을 송금 또는 이체하도록 하여 가로채는 것, 다른 사람의 금융 개인 정보를 훔치거나 도용하는 것을 말한다.

개인·위치 정보 침해

정보 통신망을 통해 다른 사람의 개인 정보와 위치 정보를 침해하거나 도용, 누설하는 것을 말한다. 동의 없이 다른 사람의 개인 정보와 위치 정보를 수집, 이용, 제공한 경우도 이에 해당한다.

사이버 저작권 침해

정보 통신망을 통하여 디지털로 저장된 자료 또는 저작물, 개발된 프로그램 소스 등을 표절하거나 유출 혹은 불법적으로 금전적 이익을 취하는 경우 등이 해당한다.

스팸 메일

불특정 다수의 사람들에게 이메일을 통해서 불법적인 서비스에 대한 광고성 정보를 전달하거나 불법 악성 프로그램을 전달하는 경우도 정보 통신망 이용 범죄이다.

시민들이 얼마 전에 가장 많은 피해를 본 인터넷 사기가 '하이리스'라는 쇼핑몰 사기였어.

다들 알다시피 성하시는 글로벌 IT 산업 도시야.
"하이리스" 온라인 쇼핑몰 사기 사건

그래서 여기에 사는 많은 외국인들이 자기 나라에서 먹던 식품이나 쓰던 물품을 편리하게 구입하고 싶어 했어.
치즈가 이거 밖에 없나?
칠면조 고기를 구하기가 힘들군.

그래서 성하시의 많은 가게들이 외국인들이 원하는 물품을 구해서 직접 팔려고 했지.
외국에서만 나는 과일을 싸게 들여와서 생과일 주스를 만들어 팔면 좋을 텐데….

그때 하이리스라는 쇼핑몰이 생겼고, 많은 상인들이 이곳을 통해서 필요한 해외 물품을 구매했어.
하이리스
로그인
장바구니
하이리스 대박 세일
이런 것도 파네?
여기서 사면 편하겠다.

그런데 해외 배송이라는 핑계로 입금 후에도 상품이 오지 않더니,
벌써 한 달째인데 전화도 안 받고….

결국 쇼핑몰 운영자는
잠적해 버렸어. 쇼핑몰
회사도 폐업했고.
입금한 고객들만
억울하겠네요.

피해 고객의
90퍼센트가 성하
시민이야. 그러니까
꼭 해결해야 해.

IP 주소만 남아 있으면 금방
추적할 수 있을 텐데!
아쉽지만 쇼핑몰
서버로 추적을
시도했지만 별
성과가 없었어.

방법이 있어요!

쇼핑몰에서 사람들에게
돈을 받던 은행 계좌가
있잖아요.
그렇지. 하지만
다른 사람 이름으로 만든
계좌라 소용이 없어.

그 계좌에 인터넷 뱅킹으로 접근한
IP가 있다면 그게 그 쇼핑몰 운영자와
관련이 있지 않을까요?
오!
홱
홱

민 경위, 쇼핑몰 은행
계좌 추적해 봐.
자료
가져올게요.

그럼 IP 추적은
제가 할게요.
!

오늘은 딴 짓 안 해?
내가 알아서 할게.
넌 놀러나 가.
이거, 왜 이래.
나 없으면
쩔쩔매면서.

그럼 누가 먼저
찾나 대결할래?
얼마든지!
불끈

엄지, 꼼지!
노트북에 자료
전송했어.

빛보다 빠른
광속 프로그래밍!
털석
해 봐야
아는 거지.

타
탁
탁
타
타
타
탁
탁
탁
이제야 슬슬 손발이 맞는 건가?
두 사람의 호흡이 어떨지 지켜봐요.
우리도 처음 한 팀이 되었을 때는 엄청 싸웠잖아요.
제 말이 맞대도요!
근거가 없잖아!
그때만 생각하면….
끙~.
헤헤… 추적 성공!
찾았어?
네. 그 계좌에서 돈을 빼낸 컴퓨터 IP를 추적했어요.
탁
탁
바로 옆 동네예요!
얼른 관할 수사대에 협조 요청해!

수고했어. 이제 금방
잡을 수 있을 거야!
제 실력
보셨죠?

훗! 너는
내 상대가
안 돼!
쳇….

하지만 엄지의 아이디어가
없었으면 애초에 IP 추적할
생각도 못 했겠지?
…!
그…
그거야….

결국 이번엔 엄지의 아이디어와
꼼지의 컴퓨터 실력이 합쳐져서
해결된 거네.

피. 찾은 건
난데!
수사의
방향을 잡는 게
더 중요해.

싸우면서도 은근
둘이 잘 맞는 거 알아?
앞으로도 잘해 봐.

칫.
흥.
홱
홱

나는 협조 요청 공문 보내러 갈 거니까,
아이들 데리고 지역 상인들에게 쇼핑몰
사기 피해 예방 홍보 좀 해 줘.
아, 네.

가자.

CAFÉ

인터넷
사기 피해 예방법
안내문이에요.
쇼핑몰 사기
관련한 내용도
있어요.
그렇구나.

제가 중요한 내용을
짚어드릴게요.
Espresso
Latte
Cappuccino
고맙습니다.

인터넷 사기 피해 예방법

이건 꼭 기억해 두세요.

❶ 이용하려는 사이트가 일정 기간 이상 운영되고 많은 사람들이 이용한 곳인지 확인한다.

❷ 다른 곳보다 가격이 지나치게 싸면서 현금 결제만 가능한 사이트는 피한다.

❸ 쇼핑몰 사이트에 적힌 사업자 등록 번호를 공정 거래 위원회 홈페이지에 있는 통신 판매 사업자 사업자 등록 번호에서 조회해 본다.

❹ 구매자가 판매자에게 직접 돈을 전달하는 게 아니라 공인된 제3자에게 돈을 지급하고, 판매자로부터 물품을 제대로 수령하면 구매 확정을 하여 제3자를 통해서 돈을 판매자에게 지급하는 구매 안전 서비스에 등록한 곳을 이용한다.

❺ 닉네임만 알 수 있는 카페에서 진행하는 공동 구매는 가급적 피하거나 주의한다.

❻ 직거래의 경우 가급적 사람들이 많은 장소에서 직접 만나 물품과 대금을 교환하는 것이 안전하다.

❼ 해외 인터넷 쇼핑몰의 경우 잘 알려지거나, 정보 검색이 잘 되는 곳을 이용한다.

❽ 대행업체를 통한 해외 인터넷 쇼핑의 경우 대행업체의 연락처와 주소, 그리고 최근 활동까지 꼼꼼히 확인한다.

Coffee
이제 곧 하이리스 운영자를 잡을 테니 조만간 피해 보상을 받으실 수 있을 거예요.
고마워요.

여기 두 아이들 덕분에 찾았어요.
정말요?

가만히 있을 수 없지. 친구들에게 맛있는 걸 대접해야겠어.
우아, 고맙습니다!

탁-

어린 친구들이 대견해. 필요한 거 있으면 말해.
감사합니다~!
와구와구
쩝쩝

처음에는 지겨웠는데 이 일도 하다 보니 나름 보람 있네.

'낚시'를 조심하세요!

이메일은 확인하고 자야지.

성하 은행에서 안내 메일이 왔네?

보안 업데이트를 하라고?
최근 해킹, 보이스 피싱 등으로 인한 금융 사기 피해가 늘어
성하 은행 인터넷 뱅킹 사이트로 접속하셔서
보안 수준 업데이트에 참여해 주시기 바랍니다.

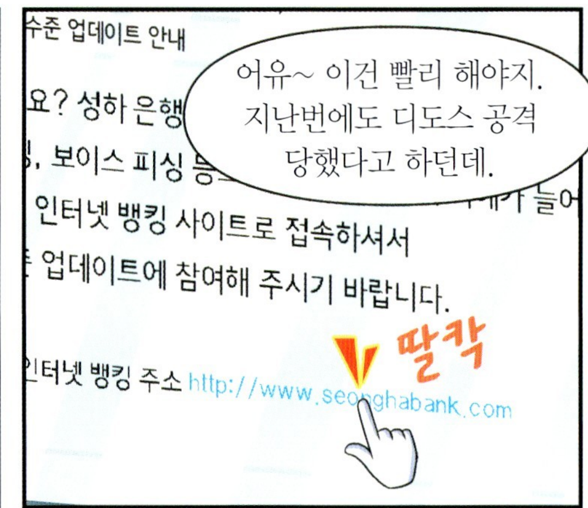

수준 업데이트 안내
어유~ 이건 빨리 해야지. 지난번에도 디도스 공격 당했다고 하던데.
인터넷 뱅킹 사이트로 접속하셔서
업데이트에 참여해 주시기 바랍니다.
딸칵

성하은행
로그인
공인인증
고객센터
보안 경고
보안 프로그램 업그레이드를 위해 아래에 사용하고 계신 보안 카드 번호를 입력하세요.
01 02 03 04 05
06 07 08 09 10
11 12 13 14 15
16 17 18 19 20
21 22 23 24 25
26 27 28 29 30
계좌조회
원클릭대출
부동산
해외은행송금

타다닥
내 계좌의 안전을 위해서….
탁탁

…그랬는데 자고 일어났더니 통장에 있던 돈이 다 빠져 나가고 없더라고요.

그러니까 어제 성하 은행으로부터 보안 수준을 업그레이드하라는 이메일을 받았고,
사이트에서 안내한대로 보안 카드 숫자를 전부 입력하셨다고요?
CCI
사이버범죄수사대

완벽하게 사기 당하셨네요.
네? 정말요?

하지만 성하 은행 인터넷 뱅킹 사이트였어요.
사이버 범죄 수사대
CYBER CRIME INVESTICATION

비슷해 보이지만 가짜 사이트였을 거예요.
가짜요?

피싱

피싱(phishing)은 개인 정보(private data)와 낚시(fishing)를 뜻하는 영어 단어가 합쳐진 말이다. 불특정 다수에게 공공 기관 또는 금융 기관을 사칭하는 문자, 전화, 이메일 등을 보내 관련 사이트와 비슷하게 꾸민 가짜 사이트로 접속을 유도하여 개인 금융 정보를 빼내는 수법의 사기를 뜻한다.

❶ 금융 기관 또는 공공 기관을 사칭해 전화나 문자, 이메일 등을 발송한다.

❷ 사칭 메시지에 첨부된 URL 주소를 통해 가짜 인터넷 사이트로 접속하게 유도한다.

❸ 보안 카드의 번호 전체를 입력하게 해서 금융 정보를 유출하거나 은행 잔고를 빼내 간다.

* URL 주소 : 인터넷 주소

* 범죄 신고 긴급 전화는 112번

파밍과 스미싱

파밍(pharming)

악성 코드에 감염된 컴퓨터는 올바른 금융 기관에 접속해도 가짜 사이트로 유도된다. 이를 모르는 사용자는 아이디와 비밀번호, 계좌 정보 등을 입력하게 되고, 개인 금융 정보가 유출된다. 유출된 금융 정보로 인해 금전적 피해를 입을 수 있다.

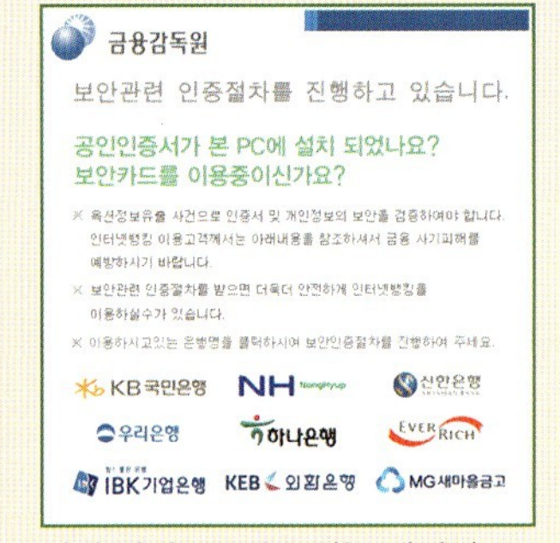

가짜 사이트로 유도하는 메시지

스미싱(smishing)

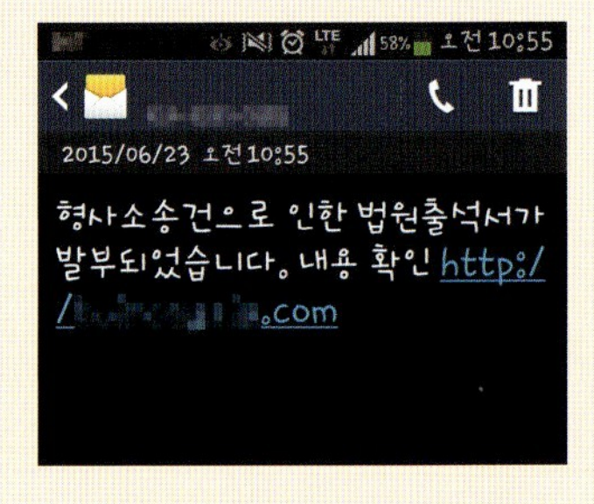

스미싱은 문자 메시지(SMS)와 낚시(fishing)가 합쳐진 말로 스마트폰이 보급되면서 더욱 늘어난 사기 수법이다. 모바일 청첩장, 돌잔치 초대장 등으로 위장한 문자 메시지를 통해 링크된 가짜 주소를 누르면 스마트폰이 악성 코드에 감염되어 사용자 모르게 소액 결제가 되거나, 개인 정보가 유출된다.

스미싱 같은 경우는 할인 쿠폰으로
위장해서 오기도 하니까 특히
조심하셔야 해요.
그래야겠네.

넌 컴퓨터는
잘 못해도 이론은
정말 잘 아는구나.
네가 괴물처럼
잘하는 거지!

어? 방금 나 잘한다고
칭찬한 거지?
그건….

흠, 흠….

출처가 확실하지 않은
이메일이나 문자 메시지를
조심하면 피싱이든 파밍이든
스미싱이든 대부분
피할 수 있어요.

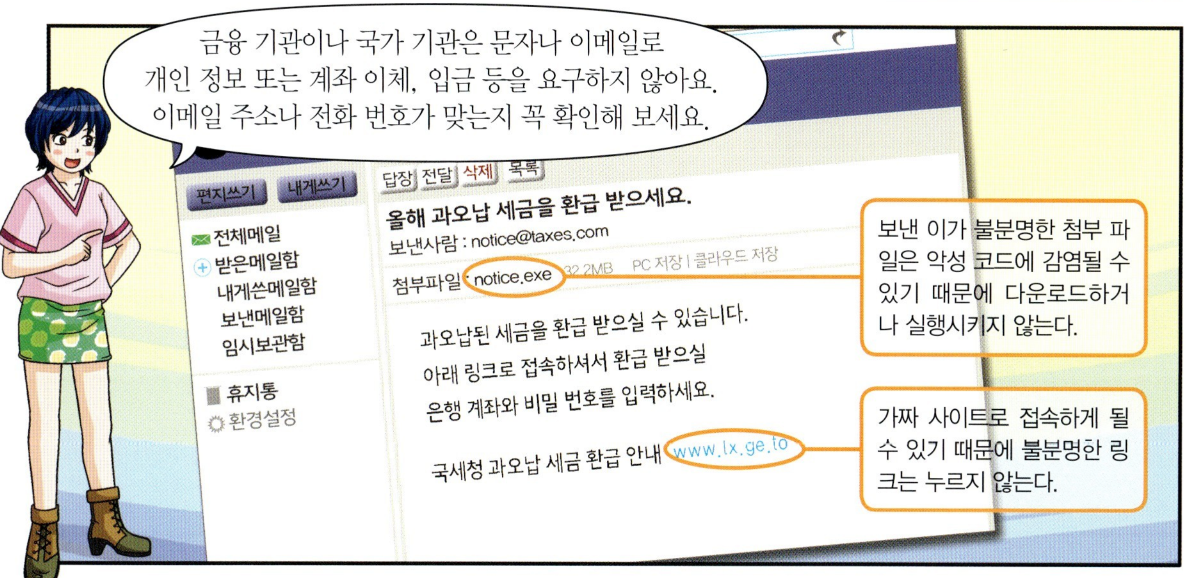
금융 기관이나 국가 기관은 문자나 이메일로
개인 정보 또는 계좌 이체, 입금 등을 요구하지 않아요.
이메일 주소나 전화 번호가 맞는지 꼭 확인해 보세요.
편지쓰기
내게쓰기
전체메일
받은메일함
내게쓴메일함
보낸메일함
임시보관함
휴지통
환경설정
답장 전달 삭제 목록
올해 과오납 세금을 환급 받으세요.
보낸사람 : notice@taxes.com
첨부파일 : notice.exe 32.2MB PC 저장 | 클라우드 저장
과오납된 세금을 환급 받으실 수 있습니다.
아래 링크로 접속하셔서 환급 받으실
은행 계좌와 비밀 번호를 입력하세요.
국세청 과오납 세금 환급 안내 www.lx.ge.to
보낸 이가 불분명한 첨부 파일은 악성 코드에 감염될 수 있기 때문에 다운로드하거나 실행시키지 않는다.
가짜 사이트로 접속하게 될 수 있기 때문에 불분명한 링크는 누르지 않는다.

OTP

OTP(one-time password)는 무작위로 만들어지는 일회용 비밀번호를 이용하는 사용자 인증 방식으로 온라인 금융 서비스의 인증 수단으로 쓰인다. 별도의 OTP 생성기를 이용하는데, 토큰 모양이나 신용 카드 모양으로 생긴 것 등이 있다. OTP는 계속 비밀번호가 바뀌기 때문에 사이버 범죄로부터 안전한 인증 수단으로 꼽힌다.

벌컥

팀장님!
헉
헉

큰일이야! 성하시에 입주한 벤처 기업 스무 곳에서 계좌 피해 신고가 접수됐어!
네?

스미싱이나 파밍 같은 전기 통신 금융 사기에 당한 것 같아.
왜 자꾸 대형 사고가 빵빵 터지는 거야~!

이상해….

CYB
왜 성하시 기관과 기업에만 이렇게 사이버 범죄가 집중되는 거지?

성하시에 컴퓨터 기술자가 많아서 그 기술을 사이버 범죄에 악용하는 건가?
오늘은 장난 좀 쳐 볼까나.

사이버 범죄 수사대
CCI
사이버범죄수사대
아니야. 그렇다고 해서 공간이랑 거리 제약이 없는 사이버 범죄가 성하시에만 집중될 이유는 없어!
내가 성하시에 사는 블랙 해커라면 의심을 피하기 위해서라도 엉뚱한 지역이나 기관을 공격할 거야!
오늘은 브라질의 경찰서를 해킹해 볼까?

대부분 성하 은행 계좌네요.
디도스에 피싱까지….
다른 은행도 많은데 왜 굳이 성하 은행일까?

블랙 해커가 나타난 것도 그렇고, 그 뒤 성하시에만 사이버 범죄가 계속 일어나는 것도 이상해….

누군가 일부러 성하시를 공격하고 있는 건 아닐까?

CCI
킥킥!
뿅뿅
!

꼼지, 넌 이 긴급한 상황에 게임이 손에 잡히니?
본 게임에 앞서 준비 운동하는 거야~!
뿅 뿅

게임~?
사이버 범죄자와의 대결이지.

지난번 디도스 사건을 일으킨 블랙 해커가 범인이라면 이번엔 꼭 잡고 말거야.
뿅 뿅
뭐…?

넌 이게 게임 같아? 좀 진지해져.
범인만 잡으면 되잖아.
뿅 뿅

여~, 활기차군요!
!

잘 지냈나? 박정훈 경감!
…!

메모리 해킹이란?

제이슨 김
회장….
무슨 일로
오셨습니까?
어릴 땐 귀여운
꼬마였는데 말이야.

저희 수사대에 볼일이
있는 겁니까?
성격도
급하군.

그야 우리 시를 위해 고생하는
경찰들을 응원하려고 왔지.
선물도 가지고
왔습니다.
탁

회장님께서
그토록 우리 경찰들을
생각하는 줄
몰랐는걸요.
윽, 무서워.

나는 성하시의 훌륭한 시민이자
후원자야. 알아두라고.

게다가
자네 아버지
박세운 시장의
친구잖아.

!
사이버 범죄
CYBER

아빠와
아들이었어?

내가 말실수했군.
자넨 공과 사가
분명했지.

그나저나 요새 큰
사이버 범죄가 많이
일어난다던데
걱정이 많겠군.

내가 좋은 컴퓨터를
후원할 테니 힘내게.
하하하!
윽!

제이슨 김 회장님,
오셨습니까?
경정님!

따라오시죠.
청장님께서 기다리고
계십니다.
그러죠.

잠깐 바람 좀
쐬고 올게.
네….
홱

팀장님….

저 아저씨는
누구예요?
음….

제이슨 김이라고
미다스 캐피탈 대표야.
엄청난 부자이고.

제이슨 김 회장은 지난 시장 선거에 나왔다가 박세운 시장에게 졌어.
성하시 박세운 후보 당선

당시 제이슨 김 회장이 사람을 매수해 박세운 시장에 대한 나쁜 소문을 퍼뜨렸다는 얘기가 있어.
박세운에 대한 나쁜 소문 좀 퍼트려 줘.
이렇게까지 부탁하신다면야….
헤헤~!

지금도 뒤에서 몰래 시장 험담을 하고 다닌대.

그러니 팀장님이 싫어하는 것도 당연해.

어쩐지. 딱 봤을 때부터 기분이 나빴어.
이제 와서…?
절레
절레

하지만 동감이야. 좋은 사람 같지는 않아.

* 팝업창 : 인터넷 사이트에서 추가적이거나 임시적인 정보를 전달하기 위해 띄우는 작은 창

피해자의 컴퓨터 메모리에 악성 코드를 감염시켜서 메모리에 저장된 정보를 조작하여 컴퓨터가 잘못 작동하게 한다. 그로 인해 피해자가 정상적으로 인터넷 뱅킹을 해도 범행 계좌로 돈이 빠져나가게 된다.

* 메모리 : RAM, 컴퓨터의 주기억 장치

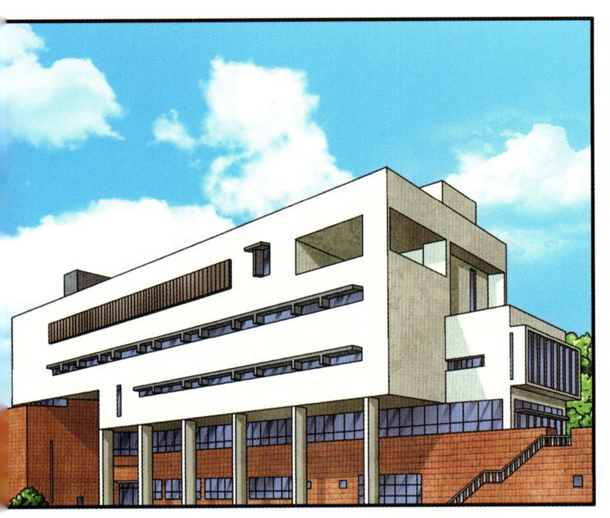

바이러스 검사도
날마다 했는데 왜
이런 일이 생겼는지
모르겠어요.

우리 회사 전 재산이에요.
제발 도와주세요!
알겠습니다.

턱-

탁
탁
탁
타
탁
탁

아니?

왜 그래?
이거요….

얼마 전
디도스 사건 때랑
비슷해요.

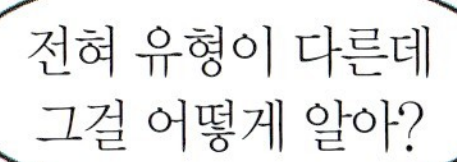
전혀 유형이 다른데
그걸 어떻게 알아?

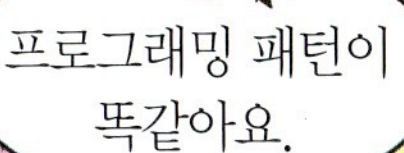
프로그래밍 패턴이
똑같아요.

뛰어난 해커나
프로그래머도 자기가
자주 쓰는 패턴이
있거든요.

이건 틀림없이
그 콘돌 마크
블랙 해커의
짓이에요.
!
탁 탁
타 타 탁

그렇다면 우리 수사대 본부
해킹과 디도스 공격에
이어서 이번 사태도
한 사람의 짓…!

그 블랙
해커는 왜 하필
우리만 괴롭히는
거지…?!
부르르

우선 이 악성 코드를
퍼뜨린 서버를
찾아 볼게요.
타
타
탁

할 수 있겠어?
탁
탁
지난번 빚은
갚아 줘야죠!

그럼 저는
뭘 할까요?
앗, 엄지…!
그럼 엄지도
같이….

전 피해자 분들께 메모리
해킹을 당했을 때 대처
방법을 알려드릴게요.
!

일을 나눠서
하는 게 좋잖아요.
….
탁
탁

여기 보면
정리해 둔 자료가
있을 거야.
감사합니다.

메모리 해킹 피해 발생 시 대처법

❶ 해당 금융 기관에 신고하면, 금융 기관에서는 전자 금융 거래 배상 책임 보험에 따라 보험사에 사고 접수를 하고 보상 여부를 결정한다.

❷ 피해를 입은 컴퓨터 안에 저장된 금융 정보는 삭제하거나 변경한다.

❸ 금융 거래를 할 때 공인 인증서와 보안 카드를 사용하고 있다면, OTP로 교체하는 등 보안 기능이 강화된 방법으로 바꿔 사용한다.

❹ 백신 프로그램을 이용하여 악성 코드를 삭제하거나 컴퓨터를 포맷한다.

* 유틸리티 : 컴퓨터 이용에 도움이 되는 각종 소프트웨어

전자 금융 거래법

2006년에 만들어진 전자 금융 거래법은 인터넷 뱅킹 등 전자 거래가 많아짐에 따라 거래를 하는 사람들 간의 권리와 의무를 확실히 하고, 전자 금융 업무를 하는 사람에 대한 허가·등록 및 감독에 관한 내용을 체계적으로 정리해 전자 금융 거래를 할 때 안전성과 신뢰성을 갖기 위해 만들어졌다. 2007년에는 전자 금융 거래법 시행령이 만들어졌으며, 2013년에 개정된 내용에서는 해킹 사고가 일어났을 때 일차적인 책임은 은행에 있으며 피해자가 고의적이었거나, 관련해서 심각한 잘못이나 실수를 저질렀음을 입증하지 못하는 한 해당 은행에서 보상해야 한다는 내용을 담고 있다.

FDS

FDS(fraud detection system)는 부정 사용 방지 시스템을 말한다. 인터넷 뱅킹 등 전자 금융을 이용하는 사용자의 개별 행동 패턴이나 정보 등을 종합적으로 수집, 분석하여 평소 축적된 데이터에 어긋나는 이상한 거래를 시도할 시에 거래를 차단하거나 추가 인증을 요구하도록 하는 시스템이다. 예를 들어 서울에서 컴퓨터로만 인터넷 뱅킹을 하던 고객이 갑자기 몇 분 후에 다른 나라의 IP 주소로 인터넷 뱅킹을 시도한다거나, 평소 계좌 이체 금액이나 인출액이 100만원을 넘기지 않던 고객이 갑자기 처음 거래하는 계좌 여러 개에 짧은 간격으로 500만원씩 연이어 입금한다거나 하는 등 범죄가 의심되는 상황이 발생하면 즉시 거래를 차단하여 피해를 예방하는 첨단 보안 기술이다.

또 스스로 컴퓨터 관리를
잘 하고, 인터넷 뱅킹 보안 정보를
수시로 바꾸는 것도 중요해요.
탁 탁
명심할게요.

뭐해,
꼼지야?
타 타 탁

이 블랙 해커는 아직도
악성 코드에 감염된
컴퓨터들을 조종할 수
있다고 생각하고
있을 거예요.
타 탁
타 타 탁

거꾸로 여기에 제가
만든 바이러스를
심어서….
타 타~ 탁

블랙 해커가 다른 컴퓨터 조종을 시도할 때
자기 컴퓨터가 바이러스에 감염되어
아무것도 못 하게 만들었어요.
이럴 수가…!

내 수법을
역이용해서 나를
공격하다니!

잘못된 선택

하나는

내가 자리를 비운 사이에 사건을 해결했구나. 장하다.
아니에요.

대신 맛있는 거 사 주세요!
알았어. 먹고 싶은 거 맘껏 시켜.

꼼지 말로는 이번 사건 범인이 지난번 두 사건과 같은 인물이래요.
그 콘돌 그림의 블랙 해커 말이야?

그럼 뭔가 목적이 있어서 우리 시에서만 사이버 범죄를 일으킬 수도 있다는 얘긴가?
거기까진 모르겠지만 같은 사람인 건 확실해요.

언론에 발표할까요?
아니, 기다려. 아직 단정하진 말자고.
확실 하다니까요!

아직은 증거가 부족하니 섣불리 발표해서는 안 돼.
네….
긁적

흠…
?

엄지야, 무슨 생각해?
네?

아… 아무것도 아니에요.
?

콘돌 그림을 쓰는 블랙 해커가 성하시를 공격하고 있는 건 분명해.

문제는 뭘 노린 건지 알아야 되는데… 그걸 모르겠네.

한국 인터넷 진흥원

2009년 7월에 한국 정보 보호 진흥원, 한국 인터넷 진흥원, 정보 통신 국제 협력 진흥원을 하나로 합쳐 만든 기관으로, 국가 글로벌 경쟁력을 선도하는 인터넷·정보 보호 진흥 기관을 목표로 하고 있다. 인터넷 진흥과 관련한 정책을 연구하고, 인터넷 문화 및 윤리 교육을 하며 인터넷 주소를 관리하고, 네트워크 관련 국제적 협력을 추진한다. 개인 정보 보호 및 개인 정보 침해 신고 접수를 하고, 중소 IT 기업을 지원하며, 사이버 보안 인력을 양성하고 각 기관에 정보 보호 기술을 교육·보급하는 아카데미를 운영한다. 해킹, 바이러스, 디도스 피해 접수 및 대책 기술을 지원하는 일도 이곳에서 하는 주요한 일이다.

방송 통신 위원회와 한국 인터넷 진흥원이 함께하는 인터넷 침해 대응 센터 종합 상황실

나왔습니다.
우아!

와구
와구
냠냠

성하시 창업 진흥 재단은 시에서 운영하는 거예요?

시에서 도와주긴 하지만 재단의 주인은 따로 있어.
누군데요?

저번에 봤지? 제이슨 김 회장.

근데 그건 갑자기 왜?
아, 아녜요….

혹시 그 사람이 이번 일과 관련이 있는 건 아닐까?

고작 동네 사이버
범죄 수사대에게
당하다니!

이러고도 자네가
세계 최고의 해커라
할 수 있나?
….

지금 쯤이면
성하시가
뒤집어
졌어야지!
버럭

겨우 이 정도 소동을
일으키려고 자네를
부른 줄 알아?
….

컴퓨터를
고치는 대로 다시
시작하겠습니다.

말만 앞서지 말고
결과로 보여 줘.
….

이건 분명
그 꼬마 녀석의
짓이야.

콰
앙

나에게 수치심을
안겨 줬어. 후회하게
해 주마…!
슉~

이야,
좋다~!
끼
익
농담
이었어요.

배도 부르니까
낮잠 자고 일하면
어때요?
좋아. 대신
일어나면 체력
단련부터 할까?

박정훈 팀장, 요새
자주 만나는군.
윽!
지잉-

경찰청장에게 들었는데
이번 메모리 해킹 사건도
자네 팀에서 해결했다지?

소식이 참
빠르시군요.
내가 우리 시에
관심이 많은 거
알잖나.

누군지 몰라도 범인 좀
빨리 잡아 주게.
….

지난번 디도스
사건 때 그놈 때문에
우리 재단도 피해가
컸거든.

설마!

부웅
그럼
수고해.
….

팀장님.
응?

디도스랑 이번 메모리 해킹의 범인이 같다는 건 우리만 알고 있는 얘기 아닌가요?
!

듣고 보니 그러네.
방금 떡볶이 먹다가 얘기한 거니까요.
….

혹시 그 사실을 알고 있는 저 아저씨가 이 사건의 범인 아닐까요?

선거 이후 아버지한테 앙심을 품고 있는 사람이야. 동기도 충분하고, 그럴 만한 능력도 있어. 하지만….

당장 체포해요!
그렇게 간단한 게 아니야.
불끈

왜요?
증거가 없으니까.

다른 뜻으로 한 말이었을 수도 있잖아.
에이, 말도 안 돼요!

그럼 이러면 어때요?

제이슨 김 회장의 컴퓨터를 해킹해서 증거를 찾는 거예요.

엄지야!

더 심각한 사건이 일어나기 전에 막아야죠.

분명히 해커에게 해킹을 지시한 흔적이나 증거가 남아 있을 거예요.

개인 정보 침해

개인 정보란 신체, 재산, 사회적 지위, 신분 등에 관한 사실, 판단, 평가 등을 나타내는 모든 정보를 말한다. 이름이나 전화 번호, 주민 등록 번호, 주소, 생년월일, 가족 관계 등의 신분 정보, 종교나 정치적 성향 같은 내면적 비밀에 관한 정보, 건강 상태나 신체 특징, 병력, 장애 정도 등 심신에 관한 정보, 학력이나 직업, 범죄 이력 등에 관한 사회 경력 정보, 재산이나 신용 정보, 소득 등 경제 관련한 정보, 위치 정보, 생체 인식 정보 등이 개인 정보에 해당한다.

다른 사람의 개인 정보를 허가 없이 침해하거나 유출 및 도용하는 것은 수단과 방법에 상관없이 무거운 범죄이다. 개인 정보를 침해 당했다면, 한국 인터넷 진흥원 개인 정보 침해 신고 센터를 이용하면 된다.

인터넷 개인 정보 보호 십계명

❶ 인터넷 사이트에 가입할 때는 개인 정보 처리 방침 및 이용 약관을 꼼꼼히 읽는다.

❷ 비밀번호는 문자와 숫자, 때에 따라 특수 기호를 결합하여 너무 짧거나 간단해서 쉽게 유추할 수 없는 것으로 한다.

❸ 비밀번호는 주기적으로 변경한다.

❹ 사이트 가입 또는 인증 수단이 필요할 때에는 개인 정보 유출을 최소화시킬 수 있도록 아이핀 인증, 휴대 전화 인증 방식 등을 이용한다.

❺ 명의 도용 확인 서비스에 가입한다.

❻ 개인 정보는 가족과 친구에게도 알려 주지 않도록 한다.

❼ 인터넷상의 공유 폴더에 개인 정보를 저장하지 않는다.

❽ PC방이나 공용 컴퓨터로 금융 거래는 하지 않는다.

❾ 출처를 모르는 파일은 다운로드하지 않는다.

❿ 개인 정보 침해가 의심될 경우에는 바로 개인 정보 침해 신고 센터에 신고한다.

* 아이핀 : 인터넷상에서 주민 등록 번호를 대신하여 아이디와 비밀번호를 이용하여 본인을 확인하는 수단

어쨌든 우리가 범죄를 저지를 순 없으니 이번 일은 우리끼리만 알고 있자.
네….

본부에 돌아가서 방법을 생각해 보자.
이런 건 우리가 생각해 볼 테니까 너희는 아이스크림이라도 먹고 와.
네.

….

우리끼리 하자.
응? 뭘?

제이슨 김 회장의 컴퓨터 해킹. 분명히 증거를 찾을 수 있어.
뭐?

네 실력이면 그 사람 컴퓨터 해킹할 수 있지?
그야 물론 할 수 있지만….

하지만 그러다가 큰일 나면 어쩌려고?
저렇게 하지 말라고 하시는데.
증거를 찾아서 보이면 꼼짝 못하게 할 수 있어!

＊SNS : 소셜 네트워크 서비스

잘 진행되고 있지?

네. 성하시 전체가 발칵 뒤집어질 겁니다.

역시 자네는 믿음직스러워.

이번에는 시청이나
기관은 건드리지 말까요?

기업이랑 민간에 집중했으면 좋겠군.

네.

자신 있나?

제 기술은 최고입니다. 곧 놀라운 광경을
볼 수 있을 거예요.

아니…? 어째서 제이슨
회장의 메신저에 다른
IP가 나타나지?

타타타탁
타타탁

누가 컴퓨터에
침입했잖아?!

띠리리링~

무슨 일인가,
콘돌?
회장님과 제가
나눈 메신저
대화 기록이 해킹
당한 것 같아요.

뭐라고? 누가 그런 짓을?
흠칫
추적 중입니다만 아마 사이버 범죄 수사대겠지요.

!

가만 놔둬 보게. 이번 일은 내가 해결하지.
메신저로는 중요한 대화를 나누지 않았으니까 괜찮아.
씨익-

오히려 잘됐어.
네?

놈들이 아무래도 스스로 자기 무덤을 판 것 같군.

크크크...

개인 정보 누출 신고

정보 통신 서비스를 제공하는 자, 제공 받는 자가 개인 정보가 누출된 것을 확인했을 때는 신고해야 한다. 개인 정보 누출과 관련된 일은 방송 통신 위원회가 담당 기관이며, 방송 통신 위원회 또는 개인 정보 보호 포털의 개인 정보 누출 신고 페이지를 통해서 신고 접수가 가능하다. 특별하고 합리적인 이유가 없는 한 정보 통신 제공자들은 누출 사실을 알았을 때 개인의 정보 보호를 위해서 즉시 신고해야 할 의무가 있다.

김 회장이 범인이 경찰이란 걸 알고 용서해 줬으니까 난리가 나지 않은 거야.
김 회장이 아니었으면 내가 자넬 체포해야 됐어! 이게 무슨 망신이야?

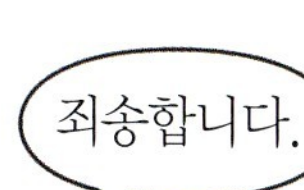
죄송합니다.

자네는 한 달간 근신이야. 알았나?
휙
네.

그리고… 둘 중에 실제 해킹은 누가 했어?

숙소에서 수사대 노트북을 썼다고 하던데?

어떡해….

제가
했어요.
스윽

누가
시킨 거냐?
아니에요.
저 혼자 했어요.

꼼지야…
왜 혼자…?
….
그러니까 저만
혼내시면 돼요.

꼼지 네가 아무리 컴퓨터를
잘한다고 해도 하면 안 되는 일을
했다는 건 알고 있지?
긁적
네.
긁적

꼼지는 예비 요원
과정 탈락이야. 그만
집에 돌아가.
잠깐만요.

꼼지가 해결한 사건도
있는데 한 번
잘못으로….
듣기 싫네!

수사 때문이라고 해도
무단으로 개인의 사생활 정보를
침해하는 것은 중범죄일세!

자네는 수사관이
그런 것도 모르나?
죄…
죄송합니다.

청장님이 아침부터
사과하러 가셨다고.
내가 창피해서 고개를
들 수가 없어!
씩
씩

쾅-

내가 말했잖아.
개인 정보 침해는 아주
큰 잘못이라고….
시무룩~

내가
다 망쳤어…!

음란 도시라는 오명

한편…
Orange
MISO
Adagio
Coffee

…이거 본 적 있어?
뭐?

어머. 메시지 왔어.
어디 보자.
띠링

^.^ 님이 채팅방에 초대하셨습니다.
파일 받기
AM 10:28
누구지…?

영상 메시지네. 확인해 봐.
응.
틱

헉!
아앙~
앙~

하나 분

내가 하자고 한 건데 네가 다 뒤집어썼네. 미안해….

지금이라도 내 생각이었다고 말할까?
됐어, 괜찮아.

난 재미 삼아 수사대에 지원한 거였어. 어차피 집에 가고 싶었다고.
하지만….

네가 꼭 정식 요원이 돼서 그 블랙 해커를 잡아 줘. 그거면 돼.
미안해….

그동안 얄미운 애라고 생각했는데, 날 감싸 줬어.
스윽
제가 했어요.

민 경위님한테라도
사실대로 말해야….
까악~

음?
맙소사…!
어머머!
어머!

무슨
일이지?
글쎄?

너 그런 이상한
영상도 보니?
아냐! 내가
받은 게 아니야.

저 누나, 이상한
영상 보나 봐.
띠링~

세리 경위님
[긴급 호출] 성하 시민에
게 불법 음란물 확산 중.
빨리 본부로 오세요.
AM 10:30

나 급히 임무가
생겨서 가 볼게.
조심히 가!
잘 가~!

가만 보면 여린 면도
있단 말이야….

그럼 2인분 같은
1인분을 먹어 볼까.
어?

자, 특별
메뉴야~!
저 그거
안 시켰는데요.

이게
뭐예요?

꼼지가 기운이 없어 보여서
특별 서비스야.
감동이야….
우아~!

이걸 보니까 빨리 집으로
돌아가고 싶다.

잘 먹겠습니다!
천천히
먹으렴.

지금 성하 시민의 스마트폰에 출처가 불분명한 음란물이 퍼지고 있어.
성하지방경찰청
S.H POLICE AGENCY

음란물이라면… 야한 동영상이나 사진 같은 거 말인가요?
모든 성인 콘텐츠를 음란물이라고 하지는 않아.

건전한 성 윤리와 도덕을 해치며, 사회의 미풍양속을 해칠 수 있는 수준의 선정적인 콘텐츠를 음란물이라고 한다.

저도 신고 된 음란물 영상을 봤는데, 정말 치명적이더라고요.
뭔가 좀 이상한데….
이봐….

그중에서도 정보 통신망을 통해서 사람들에게 퍼지는 음란물을 '사이버 음란물'이라고 해.

이 사이버 음란물을 무단으로 판매하거나 대여, 또는 무분별하게 퍼뜨리는 건 불법 콘텐츠 범죄야.

불법 콘텐츠 범죄

정보 통신망을 통하여 법률에서 금지하는 상품이나 서비스, 혹은 정보를 퍼뜨리거나 판매, 임대, 전시하는 경우 불법 콘텐츠 범죄에 해당한다.

사이버 음란물

음란한 영상이나 사진, 텍스트, 음향 등을 배포하거나 판매 또는 임대, 전시하는 모든 행위.

사이버 명예 훼손

다른 사람에 대한 루머, 허위 사실 등을 유포하고, 공개적으로 모욕하는 등 명예를 훼손하는 행위.

기타 불법 콘텐츠

가짜 주민 등록 번호를 만들어 쓰는 일, 청소년 유해 매체를 팔거나 광고, 공개하는 일 등 사람들에게 불쾌감, 해로움을 주는 콘텐츠를 퍼뜨리고 전시하는 모든 행위.

사이버 도박

도박 사이트를 만들어 운영하거나 도박 사이트에서 직접 도박을 하는 행위.

사이버 스토킹

상대에게 영상, 메시지 등을 반복적으로 보내서 사생활을 침해하고, 공포심이나 불안감을 유발하는 행위.

아동·청소년의 성 보호에 관한 법률

2000년에 만들어진 '아동·청소년의 성 보호에 관한 법률'을 줄여서 흔히 '아청법'이라고 부른다. 아동과 청소년의 성을 사고팔거나 알선하는 것, 아동과 청소년을 이용하여 음란물을 제작·배포하는 것, 아동과 청소년을 대상으로 한 성폭력 등으로부터 아동과 청소년을 보호하고, 범죄자를 강력하게 처벌하기 위하여 만들어졌다. 아동과 청소년을 대상으로 한 성범죄의 예방 효과를 높이기 위해 범죄자의 신상을 공개하기도 한다.

근데 나는
근신 중이라 수사에
참여할 수가 없어.

죄송해요. 제가
괜히 의욕만
앞서서….
시무룩
아니야.

너희가 이해할 수 있게
내가 더 잘 알려
줘야 했어.
글썽

오히려 이번 일로 엄지가 많은
걸 배웠을 거라고 믿어.
저도요.
팀장님….

이제 힘내서
범죄를 막자.
네….
사이버수사대

내가 팀에 끼친 피해가
이만저만이 아닌데
이렇게 격려해
주시다니….

어쩌면 진짜 철부지는
나였는지도 몰라.

타
탁
타
탁
탁

찾았어요!
그래?

음란물 스팸 메시지를 퍼뜨리는 악성 코드가 여기에 있는 것 같아요.
오!

같이 없애 볼까?
저 혼자 해 볼게요.

이번 사건은 반드시 내 힘으로 해결할 거야….
타
탁
탁
탁
탁

어?

왜 그래?
악성 코드를 없앴는데
음란물 유포 프로그램이
삭제가 안 돼요.

아니?
프로그램 전송을 시작합니다
파일 전송 상태
전송 15MB / 전체 99 MB
58초
13%
전송 시간 00:01:23

음란물이
본격적으로
퍼지고 있는 것
같은데?
이럴 수가…!

시한폭탄을 건드렸군.
후후후….

이 정도 함정도 간파하지 못하나?
지난번 빚을 갚아 주려고
열심히 준비했는데….

혹시 오늘은
그 꼬마가
없는 건가?

타타탁
자, 그럼
이렇게 해도
안 나타나나
볼까?
타탁탁

큰일 났습니다!
무슨
일이에요?

지금 난리
났어요!
네?

시청 홈페이지에
음란물이 넘쳐 나요!

이럴 수가…! 왜 음란물이
시청 홈페이지에?
조금 전부터
이렇게 됐어요.

방송 통신 심의 위원회

방송의 공공성과 공정성을 보장하고, 정보 통신에서의 건전한 가치와 품위, 바람직한 이용 환경이 이루어질 수 있도록 하는 기관이다. 방송 콘텐츠를 심의하고 영상, 음악 등 방송되는 모든 콘텐츠를 기준에 따라 심의하며, 부적절한 내용이 있는 콘텐츠에 대해서 주의 및 권고 조치를 내리기도 한다. 인터넷 콘텐츠에 대해서도 유해 여부에 대한 심의를 한다.

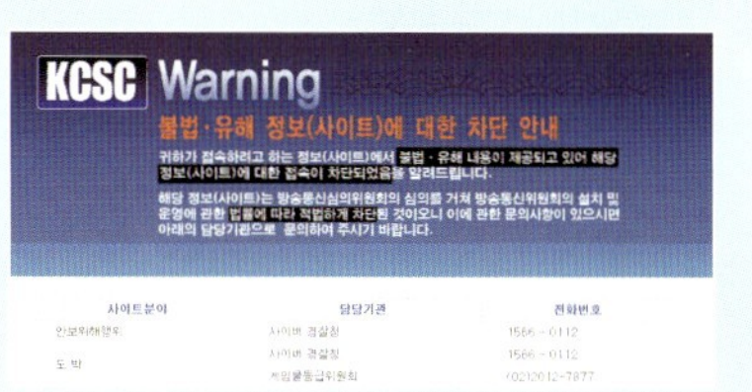

방송 통신 위원회에 의해 불법·유해 사이트로 분류되어 접근이 차단된 사이트 화면

난 보고하러
다녀올 테니까
뒤를 부탁해.
네….
슥

차라리
꼼지가 남고
내가 나갔더라면
더 나았을까…?

만족하는 시민
믿음을 주는 시청

시장님! 지금 주요 언론에서
성하시 공공 기관 홈페이지
음란물 유포를 특종 기사로
다루고 있습니다!
헐레
벌떡
음….

성하 시민들은 물론 다른 사람들도
성하시가 IT 도시가 아니라 음란 도시라고
비난하고 있습니다.
휴….

이번 일은…
쉽게 해결하기는
힘들 것 같군요.
….

house
카페 베르떼

어디 사이버 범죄 때문에 불안해서 성하시에서 일할 수 있겠어?

시 홈페이지에 음란물이 올라왔는데 사이버 범죄 수사대는 뭘 하는 거지?

이건 대체 누구 잘못인 거야?
결국 시장 책임이 제일 크겠지.
아버지….

한편
알았어요, 엄마. 내일 갈 거예요.

지금 짐 챙겨야 하니까 끊을게요.

그런데 발길이 안 떨어지네….

꼼지가 한 약속

성하 시청과 성하시 관련 사이트에 음란물 영상이 올라와 박세운 시장이 사과를 했습니다.
성하TV
성하시, 음란물로 마비
띠링~
후후….

이제 슬슬 결정타를 날려야겠지?
그럼요.

당분간 아무도 신경을 못 쓸 테니 사이버 도박 사이트랑 게임 사이트를 본격적으로 운영해 봐.
알겠습니다.

필요한 건 다 해 주겠네. 도박 게임 서버가 걸리지 않게 콘돌이 엄호도 할 거야.
맡겨 주십시오!

박세운, 이제 시장 자리에서 내려오는 일만 남았다.
후훗

띠리리링~
네, 성하시
사이버 범죄
수사대입니다!
띠리리링~
여보세요!

팀장님도 꼼지도
없으니까 정말
몸이 열 개라도
모자라.
그러게요….
타다닥
타탁

게다가 사이버 도박
피해 신고까지
들어오고 있어서
더 정신이 없네.
사이버
도박이요?

도박이
뭔지는 알지?
네. 돈을 걸고
불법적인 게임이나
내기를 하는 거요.

그걸 인터넷상에서 하면
사이버 도박이라고 하지.
아주 심각한 사이버
범죄 중 하나야.

사이버 도박의 종류

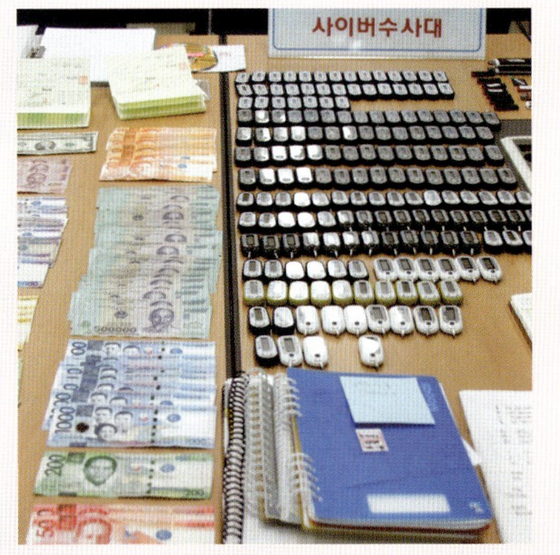

불법 도박 사이트를 운영한 일당에게 압수한 증거

불법 스포츠 도박

정보 통신망을 통한 운동 경기와 관련한 도박을 불법 스포츠 도박이라고 한다. 운동 경기가 시작되기 전에 결과를 예측하여 실제 경기 결과에 따라 상금을 받는 도박의 경우, 공식 사이트가 아닌 불법 사이트에서 이루어지는 것은 불법 스포츠 도박에 해당한다. 또 경마, 경륜, 경정 등 대표적인 경주 게임도 사이버상에서 규정 이외의 사행적인 불법 도박을 벌일 경우 사이버 도박에 해당한다.

기타 사이버 도박

사이버 머니 등을 이용해서 이루어지는 사행성 온라인, 모바일 게임도 사이버 도박에 해당한다.

성하시는 그동안 비교적 사이버
도박 범죄율이 적은 편이었어.

그래서 마음을 놓고 있었는데
요 며칠 사이 도박 피해
신고가 늘어난 거야.

아무래도 엄지
네 말대로….
시무룩

?

엄지야,
왜 그렇게
힘이 없어?
그게….

팀장님이랑 꼼지도 저 때문에
못 나오게 됐고, 이런 상황에서
제가 할 수 있는 게 없어서요.

제 컴퓨터 실력으로는 그 블랙 해커를 당해 낼 수 없어요.

저는 사이버 수사대에 있을 자격이 없는 것 같아요….
!

자존심만 센 줄 알았는데 책임감이 강하구나.

엄지야, 그건 절대로 아니야.

실수 안 하는 사람이 어디 있겠어? 실수를 통해서 앞으로 어떻게 할지 배워 나가면 되는 거야.
하지만….

그리고 우리가 왜 팀인지 생각해 봐.

혼자 모든 걸 다
완벽하게 할 수 있다면
팀이 필요 없지.

하지만 그렇지 못하니까
팀원들이 서로 장단점을
보완해 주는 거야.

꼼지는 컴퓨터 실력이
뛰어나고, 엄지는 추리력이
뛰어나잖아.
아…!

최근 일어나는 사이버 범죄에
제이슨 김 회장이 관련이
있다는 것도 엄지가 제일
먼저 알아냈고.

그러니까 자책하지 말고,
엄지는 엄지 네가
잘하는 걸 해.

사이버 범죄 수사대라고 해도
컴퓨터만으로 모든 범죄를
해결할 수는 없지 않겠어?

그래…!
그렇구나.
찡~

게임물 관리 위원회

2013년에 만들어진 게임물 관리 위원회는 건전한 게임 문화를 만들어 나가기 위해 생겨났다. 게임물의 윤리성과 공공성을 확보하고, 도박의 도구가 되는 것을 방지하며, 청소년을 보호하고, 불법 게임물의 유통을 막으며, 게임물의 등급을 심사하는 일 등을 한다. 정보 통신망에서 서비스 되는 게임에서 불법적이거나 해로운 부분이 발견되면 고칠 것을 조치하고, 불법적인 게임에 대한 신고를 받는다.

게임물 이용 등급 표시

하나 분식

어떻게 하지….

바로 집에 가면 편하게
쉴 수 있는데…. 뭔가
마음에 걸려.

혹시 엄지가
신경 쓰여서…?

아니야,
아니야!

그럴 리가 없어. 난 그저 엄지가
좀 불쌍해 보여서
그런 걸 거야….

그리고 여기 떡볶이가
맛있잖아. 그래서 집에
가기 싫은 거야! 암!
아주머니!
여기 떡볶이
주세요.

어라…?
휴…

무슨 일 있으세요?
아, 미안…!
떡볶이
3,000

내가 좀 생각할 게 있어서. 금방 만들어 줄게.
괜찮아요.

그것보다 무슨 일이세요?
그게….

아들 녀석이 고등학생인데 불법 도박 게임에 빠진 것 같아.
도박 게임이요?

원래부터 컴퓨터랑 게임을 많이 좋아하긴 했는데, 내가 잘 못 챙겨 주니까 놔뒀지.
다녀올게.
….

그런데 얼마 전에 나 몰래 내 신용 카드로 게임 아이템을 결제했더라고.
어머나! 이게 뭐야? 50만원?

알고 보니까 이 녀석이 모바일 도박 게임에 빠진 거였어….
살금
살금
쿨~

일단 급한 대로 휴대 전화를 빼앗긴 했지만 얘를 어떻게 해야 할지 갑갑해서 일도 손에 안 잡혀.
후유~

어쩌다 그런 게임을 시작했나요?
잘 모르겠지만 문자로 게임 초대를 받은 것 같아.

처음엔 평범한 게임인 줄 알았는데 어느새 중독되고 만 거지….

그 휴대 전화… 제가 잠깐 봐도 돼요?
!

성하지방경찰청 S.H POLICE AGENCY
아마 이번 일도 그 블랙 해커가 끼어 있을 거 같아요.
타타탁
타탁
타탁탁
나도 그렇게 생각해. 그래서 도박 서버 추적이 힘든 거겠지.
경위님!
저 왔어요!
꼼지?
집에 간 거 아니었어?
그 전에 할 일이 있어서요.
인터넷 중독이나 게임 중독이 되면 어떡해야 해요?

스마트 쉼 센터

온라인 게임이나 정보 검색, 채팅, 스마트폰 중독 등 일상생활에 지장이 생길 정도로 인터넷을 지나치게 많이 사용하는 것을 인터넷 중독이라고 한다. 인터넷 중독은 사회 문제의 하나로 인식되고 있기 때문에 스마트 쉼 센터에서는 예방 교육, 가정 방문 상담, 인터넷 중독 예방 캠페인 등 다양한 정책과 사업을 추진하고 있다.

셧다운제

셧다운(shutdown)제는 16세 미만의 청소년이 심야 시간에 인터넷 게임을 할 수 없도록 사용에 제한을 두는 제도로 2011년부터 시행되었다. 인터넷 게임 서비스 업체는 심야 시간에 본인 인증을 통해서 해당 연령대의 이용자가 게임을 할 수 없도록 강제적으로 차단해야 한다.

하지만 셧다운제의 지나친 강제성을 보완하기 위하여 2012년부터 만 18세 미만의 청소년을 대상으로 보호자가 자율적으로 게임 시간을 정할 수 있도록 하는 '게임 시간 선택제'를 시행하고 있다.

자주 가던 분식집
아주머니 아시죠?
그런데 갑자기
그건 왜?

아주머니가
걱정 때문에 한숨만
푹푹 쉬더라고요.

그 아주머니 아들이
불법 도박 게임에
중독됐어요.
!

이렇게 사람을
망치는 도박 게임을
만들고 운영하는 걸
두고 볼 수 없어요.

하지만 꼼지 넌
더 이상 예비 요원이
아니잖아.
그래도
도와드릴 수는
있잖아요.

아주머니랑
약속했어요. 불법
도박 게임을 만들어
퍼뜨린 사람들을
잡겠다고.

그 약속 지키려고
돌아온 거예요.
그러니까
컴퓨터 한 대만
빌려 주세요.

꼼지…, 갑자기
확 진지해진
느낌이야.

알겠어. 안 그래도 이번 도박
게임 유포도 그 블랙 해커랑
연관이 있는 것 같았거든.
잘됐네요!

블랙 해커,
승부다!
슉
슉
여전히
철은 없구나.

그래!

어쩌면 그 블랙 해커를 찾을 수
있을 지도 몰라요!
!
어떻게?

시장의 위기

정말 밖으로 안 나오네요.

해커니까 컴퓨터로 다 하는데 뭐하러 밖에 나오겠어. 아마 운동도 싫어할걸?
그거 네 얘기지?

그래도 창문 열 때 얼굴을 찍어 뒀잖아.

이 사진으로 국제 크래커 데이터베이스에 들어가 검색해 보니까 나오더라고.
PROTECTING LIBERTY CITY
이름 : 불명
나이 : 불명
닉네임 : 콘돌
출생지 : 러시아
분류 : 위자드급
Searching for nearest match.

그만한 블랙 해커가 그냥 관광하러 여기에 온 건 아니겠지.
맞아요. 관광하러 왔다면 방에만 있을 리는 없죠.

콘돌은 세계 각국
경찰의 추격을
받고 있어.
그런데 왜 여기까지
직접 왔을까요? 해킹은
자기 나라에서 해도
됐을 텐데요.

진짜로 제이슨 김 회장이 배후가 맞다면,
콘돌이 숨을 곳을 마련해 주고 여기에서
몰래 일을 꾸민 거겠지.

어쨌든 여기까지
올 수 있던 것도
엄지 덕분이야.
인정!
헤헤~
뭘요.

디도스 때 상황을 떠올려서 범인의
위치를 좁혀 갈 생각을 하다니….
블랙 해커 위치를
어떻게 찾아?

사흘 전
디도스 공격 때 처음에는
다들 디도스인 줄
몰랐을 거예요.

사이트 접속이 안 되면 사람들은 보통
인터넷 문제인 줄 알고 인터넷 회사에
서비스 장애 신고를 했을 거예요.
이거 왜 이렇게
접속이 안 돼?

그럼 그때 성하 시민들이 많이 사용하는 사이트 대부분이 마비됐으니까 성하시 곳곳에서 장애 신고가 들어왔겠구나.
그렇죠!

디도스 피해가 이틀 넘게 이어졌고, 뉴스로 자세히 알려진 것도 시간이 좀 지나서였어요.

그동안 인터넷 장애 신고 접수를 한 번도 안 한 사람이 있다면요?
그 사람은 인터넷을 쓰지 않았거나…,

처음부터 인터넷 서비스와는 상관없는 일이란 걸 아는 사람이었거나~!
두둥
끄덕
끄덕

다른 도시면 몰라도 여기 성하시에서 인터넷 사용에 민감하지 않은 사람은 없어!
인터넷 속도가 조금만 느려져도 곧바로 항의가 폭주하는 곳이니까.

그럼 신고를 안 한 이용자들을 찾아서 조사해 보자.
네!

잠도 못 자고 매달리긴 했지만 덕분에 여길 찾았지.

꼼지가 그동안 인터넷을 특히 많이 쓴 IP 주소를 찾아낸 것도 시간을 줄이는 데 큰 도움이 됐고.
제 할 일을 한 거죠.

어?

제이슨 김 회장이에요!
진짜 나타났네!
찰칵
찰칵

저 집으로 들어갔어요.
잠복한 보람이 있어.

이만하면 확실한 증거 아니에요?
바로 체포해요.
아직 안 돼.

콘돌을 만난 건 증명할 수 있어도, 콘돌한테 사이버 범죄를 시킨 증거는 아직 없잖아.
홱
저번에 그 대화 내용이 있잖아요.

거기 나오는 콘돌이 저 사람이라는 증거가 없어.
아….

확실한 증거 없이 움직이면 오히려 명예 훼손으로 고소 당할 수도 있고.
명예 훼손이요?

근거 없는 헛소문, 허위 사실, 도를 넘는 비방 등으로 상대의 인격과 평판에 해를 가하는 것을 명예 훼손이라고 한다.
자네가 논문을 표절했다고 조수가 그러던데.
뭐? 당장 명예 훼손으로 고소해야겠군!

명예 훼손은 벌금을 내거나 심하면 감옥에 가게 될 수도 있는 무거운 범죄야.
헉!

그런데… 이걸 보세요.
스윽

아니!

성하 시장, 박세운 비리 의혹!
성하 신문 | 박가일 기자
댓글 904
내 댓글 | 댓글 쓰기
멜로우
IT 도시라더니 사이버 보안은 구멍 뻥뻥 뚫리고~ 시장이 예산 줄이고 비자금 챙겼다는 게 사실인가 보네.
답글 40
왜 이러니
나도 들은 적 있음.
답글 쓰기
1234
그럴 것 같았다.
답글 쓰기

인터넷에 성하시로 검색하면 온통 이런 내용 뿐이에요.
말도 안 돼.

이건 명백한 거짓말이야.
댓글을 보면 사람들은 이 말을 믿는 눈치예요.

하긴. 연달아 사이버 범죄가 일어나서 시장님의 지지율이 많이 떨어지긴 했지.
성하 시장 박세운 지지율 취임 이래 최저
40% 아래로 뚝! 연이은 대형 사이버 범죄로 IT 도시 위상 추락이 원인

하지만 다 거짓말이야. 이건 엄연한 사이버 명예 훼손이야.

사이버 공간에서는
익명성이 보장되기 때문에
악성 댓글 등을 통해서 오히려
더 무분별하게 다른 사람을
비난하기도 해.

* 익명성 : 어떤 말이나 행동을 누가 했는지 드러나지 않는 특성

악성 댓글

댓글은 인터넷상의 글에 달리는 짧은 문장으로, 해당 글에 대한 사람들의 다양한 의견을 공유할 수 있다는 점에서 인터넷 문화의 확산에 기여했다. 하지만 악성 댓글의 경우 출처가 확인되지 않은 불분명한 내용이나 허위 사실, 인격 모독성 거짓말을 아무런 제지 없이 실어 나르고 퍼뜨린다는 점에서 치명적이다. 특히 악성 댓글의 대상이 되면 그 당사자뿐만 아니라 가족까지도 고통을 받게 되며, 사생활에 큰 침해를 받으므로 여느 사이버 범죄 못지않은 피해를 준다. 또 확실치 않은 사실로 특정 인물이 마녀사냥을 당해 명예에 심각한 손상을 입기도 한다. 그래서 간혹 악성 댓글을 집중적으로 다는 악플러는 사이버 범죄자의 일종으로 보고 수사를 해서 처벌하는 경우도 있지만, 네티즌 스스로 올바른 댓글 문화를 만들도록 노력하는 것이 중요하다.

뚜르르르~

여보세요,
민 경위?
팀장님, 방금 팀장님께 제이슨 김 회장이 블랙 해커 콘돌과 만나는 사진을 보냈습니다.

콘돌에 대한 자료도 전송했어요. 확인하고 대책을 세워요!
….

미안하지만 이참에 좀 쉴게. 외국에 다녀올 거야.
네?

다녀와서 봐. 미안해.
티, 팀장님? 잠깐만요!

지금 이 상황에 외국에 가신다고?
뚜-
뚜-

의심도 많으셔. 일도 잘되고 있는데 뭐하러 자꾸 찾아오십니까?

사람은 가까이에 두고 보지 않으면, 딴 생각을 하기 마련이지.
의심 많은 인간 같으니….

하지만 날 버릴 때를 대비해서 약점을 만들어 둬야지.
녹음중…

이제 마지막이네. 이걸 잘 처리하면 약속한 돈과 집을 제공하지.
걱정 마세요.
약속만 안 지켜 봐라. 지금까지 녹음한 대화 내용 확 터뜨릴 거니까!

박 시장은 이번 건이 터지면 더 이상 버티지 못하고 사퇴해야 할 거야.
물론이죠.
그럼 보궐 선거를 해야 할 거고, 이 제이슨이 드디어 시장에 오르는 거지. 후후후…!

드림팀의 탄생

* 벤처 기업 : 고도의 전문 지식과 새로운 기술을 가지고 창조적·모험적 경영을 하는 중소기업

사이버 저작권 침해

저작권 기호

저작권자의 허락을 받지 않고 저작물을 무단으로 도용하거나 이용하여 부당한 이득을 취하거나 저작자의 명예를 훼손하는 것을 저작권 침해라고 한다. 표절과 불법 복제 판매 등이 저작권 침해에 해당하는 범죄이다.

정보 통신망을 통해서도 저작권 침해가 빈번하게 일어나는데, 유료 프로그램을 불법으로 업로드·다운로드하여 공유하는 행위, 유료 콘텐츠를 무료로 배포하거나 공유하는 행위, 다른 사람의 창작물을 자신의 홈페이지나 블로그 등에 무단으로 올리는 행위, 다른 사람이 만든 자료나 창작물을 마음대로 팔거나 대여하는 행위 모두 사이버 저작권 침해의 사례이다. 만화와 소설의 경우 스캔한 이미지나 직접 타자로 친 텍스트가 인터넷에 돌아다녀서 작가에게 정신적·물질적 피해를 입히고 있다.

크리에이티브 커먼즈 라이선스

저작권 사용에 대한 표시 방법 중 하나로, 저작권자가 자신의 저작물을 특정한 조건에 따라 자유롭게 사용할 수 있도록 허가할 때 사용한다.

크리에이티브 커먼즈 로고

저작자 표시

비영리

변경 금지

동일 조건 변경 허락

저작권 보호 센터

음악, 영화, 방송, 출판, 게임, 만화, 소프트웨어 등 여러 저작물이 웹하드나 SNS, 포털 사이트 등 다양한 방법으로 불법 유통되고 있다. 저작권 침해는 저작권자의 지적 재산권에 심각한 피해를 주고, 창작자와 개발자의 의욕을 떨어뜨린다. 그렇기 때문에 온라인 및 오프라인에서의 저작권 침해와 훼손에 대응하기 위하여 저작권 보호 센터가 만들어졌다. 저작권 보호 센터에서는 불법 복제물이 유통되지 않도록 감시·삭제하며, 사이버 저작권 침해를 위해 사용되는 프로그램을 수거·폐기하는 일도 한다. 저작권물을 보호하기 위하여 기술적 체계를 세우는 일도 하고 있다.

끼익
저희 왔어요.

어서 와. 아무한테도 알리지 않았지?
네, 팀장님. 지시대로 저희만 조용히 왔어요.

외국으로 휴가 가신다면서….
거짓말이었어.

상대는 우리 경찰서 정보를 언제든 들여다볼 수 있어. 본격적으로 수사하려고 들면 먼저 눈치 채고 손을 썼을 거야.

그리고 외국을 갔다 온 건 사실이야.
딸깍
?

인터폴

1956년에 만들어진 인터폴(interpol)의 정식 명칭은 '국제 형사 경찰 기구(ICPO ; International Criminal Police Organization)'이며, 국제 범죄를 신속하게 해결하기 위한 협력을 목적으로 한다. 인터폴의 본부는 프랑스 리옹에 있으며 우리나라는 1964년 가입했다. 점점 늘어나는 국제 범죄에 대응하기 위해 각 가입국에 정보 교환 사무소를 두고 국제 범죄와 범죄자에 대한 정보 교환 및 수사 협조를 진행하고 있다. 인터폴에서는 사이버 범죄 대응력을 지원하고 온라인상의 안전을 연구·개발하는 능력을 키우기 위해, 2015년 싱가포르에 국제 사이버 범죄 센터를 열었다.

윌리엄 형사님은 콘돌을 3년간 추적해 온 분이라 도움을 받으려고 모셔 왔어.
잘 부탁해요.

그럼…?
그래. 콘돌을 잡기 위한 작전이었어.

상대가 이겼다고 방심할 때 반격을 날리는 거지.

역시 우리 팀장님! 가만히 넋 놓고 있지 않을 줄 알았어요!
이거 왜, 왜 이래~.
와락

안 그래도 콘돌의 짓으로 추정되는 해킹 사건이 또 일어났어요.
성하시 지원을 받아 개발 중이던 프로그램이 유출 됐대요!

서둘러야겠군. 윌리엄 형사님.
I'm ready!
나머지 한 자리는….

꼼지가
할 거예요.
탁

너라면
콘돌을 잡을 수
있을 거야.
어?
툭-

내가 인정했으니까 꼭
콘돌 잡아야 해.

약속할게.

처음엔 싸우고
질투하더니 많이
성장했구나.
힛~
헤헤~

좋아. 꼼지는
콘돌의 해킹 경로를
추적해 줘.
턱-

다양한 국제 사이버 범죄 대응 노력

우리나라 경찰청에서는 국제 사이버 범죄의 동향을 파악하고, 사이버 범죄에 대처하는 기술을 연구하는 '국제 사이버 범죄 대응 심포지엄(ISCR)'을 열어 인터폴, FBI, 독일 연방 범죄 수사청, 프랑스 정보 통신 범죄 대응 센터 등이 참여하는 국제 회의를 진행한다. 또, 중국, 일본, 싱가포르 등 아시아 10개국의 보안 전문가가 모여 사이버 보안 정책과 대응 방안 등을 공유하는 '아시아 정보 보호 포럼'에도 참여한다.

국제 사이버 범죄 대응 심포지엄

저는 약속은
꼭 지키니까요.

좋아. 그럼
우리는 콘돌을
잡으러 간다!
네!

시작할까?
네!
타
탁
탁

콘돌, 더 이상
날뛰게 놔두지
않을 거야….
타
타
타
탁

오호? 그 꼬맹이가 돌아왔나?
내 네트워크에 자꾸 누가
들어오려고 하네?

안됐지만
이미 완벽한
방어막을 쳐 놨지.
후후후….

띠링~

헉! 내
스위스 은행
계좌가!
틱

어떻게 내 비밀 계좌를
알고 조사하는 거지?
스윽

안 돼, 안 돼…!
내 돈!
허용되지 않은
접근이 있습니다.
타탁
타
타
탁

헉!
아차!

이럴 수가!
벌써 이 컴퓨터
보안까지
뚫렸잖아?!
두둥

내가 한눈을 팔긴 했지만
그 짧은 시간에 내 컴퓨터에
들어왔어? 그 꼬마 녀석…!

허둥
해킹 증거가
경찰에 넘어갔다면
난 끝장이야!
지둥

후다닥

내가 달리기를
하게 되다니, 이게
무슨 꼴이람!
타
탁
타
탁
탁

콘돌? 어딜 그렇게
급하게 가시나?
헉!
척
멈칫

어떻게 벌써
여기까지?
빙글
후다닥

터억
으악!

콰당
아야!

철컹

너는
체포되었다,
콘돌.
큭!

제이슨 김 회장이
시켰어요. 녹음도
다 해 놨어요!

뚜르르르
콘돌을 잡고
증거도 확보했어요.
사건 해결이에요!
짝
야호!

최고의 콤비

1개월 후

성하시 사이버
범죄 사건 관련
소식입니다.
TBC
성하시 사이버 범죄 사건
ALL -NEW S-7

최근 연달아 벌어진
성하시 집중 사이버 테러
범죄의 배후로 지목된
제이슨 김 회장이 유죄를
인정했습니다.
SPORTS CAR

그는 박세운 시장에
대한 앙심으로 이번 일을
꾸몄다고 진술했습니다.
제이슨 김 회장, 긴급 연행!

그가 사이버 범죄를 직접
지시한 음성이 증거 자료로
공개돼 법원에서도 중형을
선고할 것으로 보입니다.
증거물2
증거물3
증거물1
사이버 수사대

한편 제이슨 김 대표의
사주를 받고 범행을 저지른
해커 콘돌은 러시아로
소환될 예정입니다.

박세운 시장은 이번 일을 계기로 사이버 범죄 예방과 대책에 더욱 힘을 기울이겠다고 말했습니다.

성하지방경찰청

사건이 터질 때마다 눈앞이 캄캄했죠. 콘돌은 세계적인 블랙 해커로 놀라운 해킹 기술을 가지고 있었거든요.

하지만 동료들의 헌신과 팀워크로 잘 해결할 수 있어 다행이라고 생각합니다.

성하시 경찰청 사이버 범죄 수사대의 기술력을 배우고 싶다는 기업이 줄을 섰다고 하던데요.
아….

기술도 중요하지만 결국 사이버 범죄는 예방이 최선이라고 생각합니다.
!

아무리 뛰어난 기술이
있어도 경계가 없고 실체가 없는
사이버 공간에서 벌어지는
사이버 범죄는 검거하기가
힘들기 때문이죠.

그렇기 때문에 평소 철저한 개인 정보 관리와
보안 유지로 자신의 컴퓨터 환경과 모바일 환경을
스스로 지키려고 하는 노력이 필수이지요.

공인 인증서 등 주요 정보와 자료는 이동식 디스크에 보관한다.

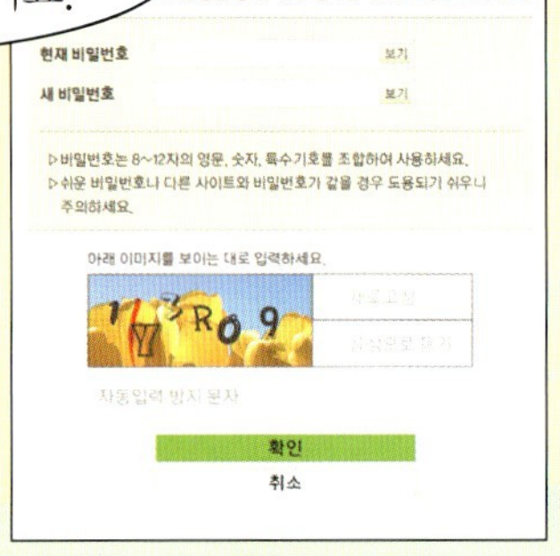

이용하는 사이트의 비밀번호를 주기적으로 바꾼다.

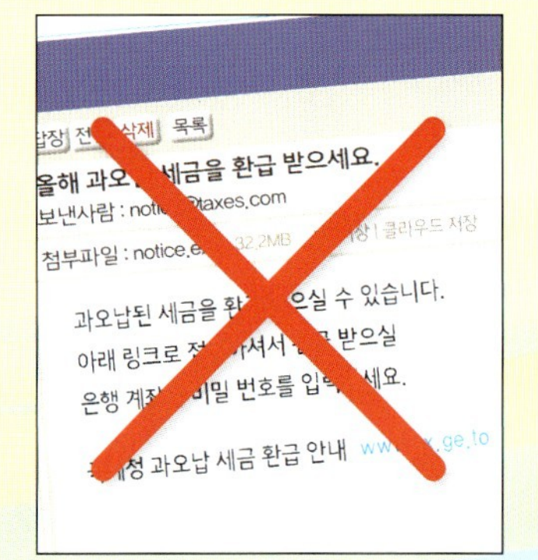

출처가 불분명한 파일은 다운로드하지 말고, 링크된 주소도 누르지 않는다.

성하시
노인복지회관

"스마트폰 안전하게 사용하기"
사이버 수사대
그러니까 스마트폰에 통장 사진이나 비밀번호 같은 걸 저장하지 마시고….
성하시
노인복지회관

스마트폰이랑 휴대 전화 차이가 뭐여?
인증 번호를 입력하라는데?
이건 불이 안 들어와.
…!
웅성
웅성

오늘 수업은 여기까지만….

이분들이 스마트폰을 안전하게 쓰실 때까지 못 나가!
그럼 네가 알려드려. 차라리 내가 보고 자료 만들게!
애들아, 내 것 좀 봐 줘.
아니, 내 것부터~!
나도 급하다고.
우르르
우르르

반주원 쌤의 논술터치

【난이도】 ★★★상 ★★중 ★하

※ (1–5) 물음을 읽고 답하시오.

01 다음 (   ) 안에 알맞은 말을 쓰시오. ★

> 컴퓨터나 휴대 전화 등의 기기로 정보 통신망을 통해 사람들에게 피해를 입히는 것을 (   )라고 한다.

(   )

02 다음 (   ) 안에 공통으로 들어가는 말을 쓰시오. ★★

> 해커는 만사를 제쳐 두고 무언가에 열정적으로 빠져들어 결과를 내놓는 사람들을 일컫는 말에서 시작되었다. 그래서 범죄형 해커를 부를 때는 파괴자를 뜻하는 (   )라고 부르며 일반적인 고급 기술자로서의 해커와 구분하여 사용한다. (   )는 다른 말로 블랙햇 해커, 침입자, 공격자라고 부르기도 한다.

(   )

03 악의적인 목적으로 만들어진 컴퓨터 코드를 가리키는 말로 바이러스, 웜, 트로이 목마 등을 모두 포괄하여 부르는 말을 쓰시오. ★★

(   )

04 수많은 컴퓨터를 조종하여 목표가 되는 사이트에 동시에 접속시켜서 해당 사이트를 마비시키는 사이버 테러 기술을 무엇이라고 부르는지 쓰시오. ★★

(   )

cyber crime

05 이메일 계정을 가진 사람들에게 무작위적이고 일방적으로 전송되는 대량의 이메일로, 받는 사람의 의사와 상관 없이 보내는 광고성 이메일을 무엇이라 부르는지 쓰시오. ★

( )

06 사이버 범죄가 위험한 이유는 무엇인지 쓰시오. ★★★

07 악성 코드는 치료하는 것도 중요하지만 무엇보다 예방하는 것이 중요합니다. 악성 코드를 예방하기 위해 평소에 컴퓨터와 모바일 기기를 사용할 때 어떠한 사용 습관을 들이는 것이 좋은지 두 가지 이상 쓰시오. ★★

08 아래 〈보기 1〉에 있는 사이버 범죄와 〈보기 2〉에서 연관되는 것을 찾아 알맞게 연결하시오. ★★

〈보기 1〉			〈보기 2〉
피싱	㉠ •	• ⓐ	피해자의 컴퓨터 메모리에 악성 코드를 감염시켜 메모리에 저장된 정보를 조작하여 컴퓨터가 잘못 작동하게 하는 것
파밍	㉡ •	• ⓑ	모바일 청첩장, 돌잔치 초대장 등으로 위장한 문자 메시지에 링크된 가짜 인터넷 주소를 누르면 스마트폰이 악성 코드에 감염되는 것
스미싱	㉢ •	• ⓒ	악성 코드에 감염되어 사용자가 올바른 금융 기관에 접속해도 가짜 사이트에 접속하게 하여 개인 정보를 훔치는 것
메모리 해킹	㉣ •	• ⓓ	불특정 다수에게 공공 기관을 사칭하는 문자, 전화, 이메일 등을 보내 관련 사이트와 비슷하게 꾸민 가짜 사이트로 접속을 유도하여 개인 금융 정보를 빼내는 것

'셧다운제'는 16세 미만의 청소년이 심야 시간에 인터넷 게임을 할 수 없도록 사용에 제한을 두는 제도입니다. 국가 차원에서 전면적이고 강제적으로 '셧다운제'를 시행하는 것에 찬성하는 입장과 반대하는 입장 중 하나를 선택하여 그렇게 주장하는 이유는 무엇인지 밝히고 나와 다른 주장을 하는 이를 설득하는 글을 300자 이내로 쓰시오. ★★★

10 〈Why? 사이버 범죄〉 편을 읽어 보라고 친구에게 권유하는 편지를 쓰고자 합니다. 책 읽기를 권유하는 이유가 잘 드러나도록 편지글을 완성하시오. ★★★

에게

안녕? 잘 지내니? 나는 요즘 사이버 범죄에 관심이 많아서 너와 함께 배워 보고 싶다고 생각하고 있어.

왜냐하면

때문이야.

나와 함께 사이버 범죄에 대해 배워 보지 않을래?

답장 기다릴게!

년 월 일

가

답안과 해설

부모님께

최근 초·중·고등학교 내신 시험에서 서술형 시험을 강화하는 추세로, 이에 대한 학생들의 적응과 훈련이 요구되고 있습니다. 서술형 문제는 똑 떨어지고 정형화된 답을 요구하기보다는 문제에 대한 응용력과 원리 파악을 통해서 각자의 생각을 창의적이고 논리적으로 기술하도록 유도합니다. 따라서 출제자의 의도를 해석하고 이에 알맞은 답안을 체계 있고 논리 정연하게 펼치는 훈련이 중요합니다. 출제자의 의도와 부가 정보가 들어 있는 〈해설〉을 읽고, 어린이가 문제 해결의 방안을 찾도록 지도해 주시기 바랍니다.

답안

1 사이버 범죄 2 크래커 3 악성 코드 4 디도스 5 스팸 메일

6 현대 사회는 온라인 네트워크를 통해 사람과 사람 사이가 아주 빠르고 넓게 연결된다. 사이버 범죄는 이러한 온라인 네트워크, 즉 사이버 공간에서 이루어지기 때문에 동시에 여러 사람에게 빠르게 번지며 큰 피해를 줄 수 있다.

7 정해진 정답은 없습니다. 다음에 나열한 것 중 두 가지 이상의 내용이 유사하게 쓰여진 것은 모두 좋은 정답이 됩니다.

- 모르는 사람이 보냈거나 발신자가 분명하지 않은 메일은 열지 않는다.
- 발신자가 분명하지 않은 메일의 첨부 파일을 다운로드하거나, 링크된 인터넷 주소를 열지 않는다.
- 백신 프로그램을 컴퓨터와 모바일 기기 등에 설치하고, 실시간으로 바이러스 검사를 한다.
- 백신 프로그램을 정기적으로 업데이트한다.

8 ㉠－ⓓ ㉡－ⓒ ㉢－ⓑ ㉣－ⓐ

9 정해진 정답이 있는 문제는 아닙니다. 셧다운제를 찬성하는 입장에서는 자제력이 부족한 청소년을 위해 필요한 제도라는 내용으로 주장이 펼쳐지고, 반대하는 입장에서는 청소년에 대한 지나친 규제이며, 청소년과 정보화 사회의 동반 성장을 막는 IT 강국답지 못한 처사라는 주장이 펼쳐질 것입니다. 이때 상대방을 비난하는 내용이 들어가지 않고 자신의 주장을 논리적으로 펼치되 300자를 넘지 않아야 좋은 정답이 될 수 있습니다.

10 정해진 답안은 없습니다. 문제에서 제시된 것처럼 '책 읽기를 권유하는 이유가 잘 드러난 편지글'을 쓰면 정답이 완성되는 문제입니다. 다만 친구에게 강요하는 형식의 글이 되지 않도록 주의하여야 합니다.

해설

1~5 본문의 내용을 얼마나 잘 이해했는지 살펴보는 단답형 문항입니다.
같은 책을 읽더라도 어떤 환경에서 얼마나 집중해서 보았느냐에 따라서 읽은 이가 기억하는 내용의 양과 질에는 많은 차이가 생겨납니다. 따라서 질문에 정확하게 답하지 못했다고 해서 반드시 책을 제대로 읽지 않은 것은 아닙니다. 아동이나 청소년이 한 번에 정답을 맞추지 못했다면 해당 내용이 있는 부분을 스스로 찾아서 문제의 내용을 확인하고 제대로 이해할 수 있도록 지도해 주세요. 1~5번 문항에서 다루어 본 사이버 범죄 관련 용어들은 최근 시사적으로 이슈가 되며 사회과 관련 학교 과정에도 자주 등장하는 것들이니 이번 기회에 익혀 두는 것이 좋습니다.

6 최대한 본문 내용에 충실하게 사이버 범죄의 위험에 대해 알게 된 부분을 써 내려가면 좋은 답이 되는 문제입니다. 사이버 범죄가 동시에 여러 사람에게 빠른 속도로 피해를 확산시키는 범죄라는 점이 명시되면 됩니다. 더불어 대부분의 사이버 범죄는 범죄자가 피해자의 얼굴을 직접 대면하는 경우가 적기 때문에 커다란 죄의식 없이 범죄를 저지르거나 모방하게 된다는 점 또한 매우 위험한 요소 중 하나입니다. 부모님이나 선생님께서는 아동 및 청소년에게 이러한 사이버 범죄의 위험 요인들을 적절하게 지적해 주는 답을 쓸 수 있도록 지도해 주시면 됩니다.

7 현대 사회는 넘쳐 나는 정보의 홍수 속에 나도 모르는 사이 각종 사이버 범죄의 표적이 되거나 악성 코드에 감염되는 일이 발생할 수 있습니다. 특히, 컴퓨터와 모바일 기기 등을 통해 메시지를 주고 받는 방식이 일반화된 만큼 악성 코드에 감염될 수 있는 통로도 다양해지고 있는 셈입니다. 결국, 악성 코드에 감염되어 나 자신도 모르는 사이에 범죄의 피해자가 되는 것을 막고, 더 나아가 내가 스스로 인식하지 못하는 사이에 타인에게 악성 코드를 전파하는 일이 발생하지 않도록 악성 코드 감염을 예방하는 습관을 생활화하여야 합니다. 7번 문항의 답을 생각하고 정리해 보면서 생활 속 작은 습관들을 통해 사이버 범죄를 예방하는 방법에 대한 이해도가 높아지면 정보의 홍수로 비유되는 현대 사회에서 아동이 좀 더 바르고 능수능란하게 정보를 활용하며 살아갈 수 있는 현명한 지혜를 갖출 수 있게 될 것입니다.

8 사이버 범죄의 종류와 범죄 방식이 날로 새로워지고 다양해지며 지능화되고 있는 것이 현실입니다. 이 문제에서 다룬 피싱, 파밍, 스미싱, 메모리 해킹은 이미 보편적으로 발생하고 있는 사이버 범죄의 대표적 유형입니다. 아동이나 청소년이 컴퓨터를 사용하여 다양한 활동을 하고 있고 스마트폰을 비롯한 첨단 정보 기기들을 접하는 기회가 빈번해지면서, 이제는 아동과 청소년이 사이버 범죄의 대상이 된 것도 사실이지요. '사이버 범죄'라는 주제로 아동이나 청소년이 즐겨 보는 Why?가 만들어진 것도 이러한 사회상을 그대로 반영한 것입니다.

모든 범죄가 그러하듯이 사이버 범죄도 그 실체를 정확하게 알고 미리 예방에 힘쓰는 것만이 피해를 줄이고 범죄와 맞서는 가장 좋은 방법 중 하나일 것입니다.

문제를 풀고 난 후 피싱, 파밍, 스미싱, 메모리 해킹과 관련된 실제 피해 사례를 추가로 조사해 보고 스스로 대책을 생각하는 시간을 갖도록 지도해 주세요. 책에서 배운 지식들이 생활 속에 스며들어 실용적인 삶의 지혜로 활용되는 경험을 통해 책 읽기에 대한 흥미와 재미가 커지면서 책을 읽어야 하는 이유와 목적의식이 분명해지는 기회가 되어 줄 것입니다.

9 인터넷을 기반으로 한 모든 매체는 양날의 검이 될 수 있습니다. 적당히 효과적으로 바르게 사용하면 더할 나위 없이 좋은 도구이지만, 불법적으로 바르지 못하게 사용하거나 지나치게 빠져들면 매우 해롭습니다.

청소년의 인터넷 사용도 예외는 아닙니다. 실제로 심야 시간에 인터넷 게임을 지나치게 이용할 경우, 자라나는 청소년의 육체적·정신적 성장에 치명적인 피해를 줄 수도 있고 정서적으로나 경제적으로도 긍정적인 도움을 주지 못한다는 주장은 상당한 설득력과 객관적인 통계 자료를 갖추고 있습니다. 하지만 여전히 셧다운제를 반대하는 입장의 사람들도 많습니다. 셧다운제가 청소년의 자유를 지나치게 규제하고 있기 때문에 인터넷을 기반으로 이루어지는 다양한 직업을 꿈꾸고 노력하는 청소년에게 걸림돌이 되고 청소년의 자율적 판단에 따른 삶의 성취라는 측면에 대한 적응력을 약화시킨다는 것입니다. 더불어 타인의 개인 정보를 도용하여 심야 인터넷 게임을 하는 등의 범죄를 양산하고 있다는 주장도 제기되고 있습니다.

이런 유형의 문제는 각종 논술 시험이나 찬반 토론을 점수화하는 시험에도 빈번하게 등장합니다. 하지만 이 문제를 해결하는 과정에서 단순하게 셧다운제의 장·단점만을 외우듯이 나열하거나, 자신의 의견만이 옳다는 식의 일방적인 주장을 밀어붙여 글을 쓰

cyber crime

는 데 그쳐서는 안 됩니다. 나와 다른 주장을 펴는 사람들은 어떤 근거를 들어 이야기를 전개하는지 귀를 기울이고 그 과정에서 배울 것은 배우면서, 모순된 부분이 있거나 문제가 되는 부분이 있다면 찾아내서 논리적으로 반박도 해 보는 경험을 할 수 있어야 합니다. 셧다운제와 관련하여 사회적으로 이슈가 되었던 사건이나 주장은 어떠한 것이 있었는지 아동이나 청소년이 찾아보는 시간을 가질 수 있도록 해 주세요. 책을 읽으며 접했던 내용이 내 생활 주변에서 실제로 일어나는 일들임을 스스로 깨닫는다면 '살아있는 교육'이 될 것입니다.

10 친구에게 책 읽기를 권유하는 편지를 쓰기 위해서는 먼저 스스로 그 책을 정독하고, 어떤 점이 내게 도움이 되는지, 어떤 점에서 꼭 필요한 책인지 가치 평가가 이루어져야 합니다. 이 과정은 내가 책으로부터 얻은 것은 무엇인지 되짚어 보는 과정이므로 책 속에서 다룬 내용을 체계적으로 정리할 수 있게 되고, 책을 읽으며 새로 얻은 지식을 활용하여 생활 속에서 실질적으로 도움이 된 부분들은 무엇인지 생각해 보는 시간을 가지며 독서의 실용성과 재미를 다시금 깨달을 수 있게 됩니다.

다만, 친구보다 먼저 이 책을 접하고 얻은 지식을 자랑하며 친구를 무시한다거나 비속어를 지나치게 사용하는 식의 편지글이 되어서는 곤란합니다. 책 읽기를 막무가내로 강요하는 것도 좋은 편지글이라고 할 수는 없습니다. 자신이 책을 읽으며 실제 경험한 좋은 점들을 편지 속에 녹여내고, 이 책을 권유하는 이유에 대한 논리적인 근거와 함께 진심을 담아 친구에게 책 읽기를 권유하는 편지글을 완성할 수 있다면, 책을 먼저 읽은 나의 독서가 제대로 완성되는 듯한 소중한 독후 체험을 할 수 있을 것입니다.

찾아보기